gli elefanti

Corrado Alvaro

Gente in Aspromonte

Presentazione di Mario Pomilio

Garzanti

In questa collana
prima edizione: aprile 1987
ottava edizione: giugno 1996

ISBN 88-11-66655-4

Presentazione

Corrado Alvaro era sui trentacinque anni allorché pubblicò la prima edizione di Gente in Aspromonte. *In precedenza aveva stampato dei versi, alcuni libri di narrativa, qualche opuscolo e molti articoli. Aveva anche viaggiato molto, conosciuto l'Italia settentrionale, la Francia, la Germania, vissuto delle importanti vicende politiche; e la sua umanità, le sue idee, la sua tempra morale, i suoi ideali letterari s'erano maturati a contatto coi circoli e i movimenti letterari più vivaci che l'Italia possedesse allora. Nessuno insomma avrebbe riconosciuto nella sua ricca personalità, così attenta a percepire quanto di più significativo accadeva in Italia e fuori d'Italia, il giovane calabrese che molti anni prima aveva abbandonato l'isolato paesino dove era nato, sull'estrema punta meridionale della nostra penisola, ai piedi dell'Aspromonte. Eppure, sotto la crosta, il mondo della sua infanzia sopravviveva: nella memoria e negli affetti. E doveva essere proprio esso a ispirargli la prima opera della sua maturità, questa compatta raccolta di racconti di* Gente in Aspromonte *dove non c'è una sola riga che non riguardi la sua Calabria e dove con tanto amore e pensosa partecipazione se ne descrivono la condizione, i problemi umani e sociali, i modi di vita, i paesaggi.*

Con essa Corrado Alvaro non solo inaugurava un tema, quello calabrese, che poi risulterà costante, se non prevalente, nella sua produzione, dettandogli tra l'altro il ciclo delle Memorie del mondo sommerso, *ma rinnovava una tradizione particolarmente gloriosa della nostra letteratura, quella della narrativa a ispirazione regionale e meridionale, la tradizione di Verga, Luigi Capuana, Federico De Roberto, e più tardi Luigi Pirandello.*

Con questa differenza: che mentre agli occhi degli scrittori prece-

denti ad Alvaro l'arcaico mondo meridionale appariva chiuso, immo-
dificabile, senza speranza e come soggetto a una fatalità di tristezza
contro la quale inutilmente urtavano la volontà degli uomini e le
modificazioni prodotte dalla storia, agli occhi di Corrado Alvaro
quel mondo appare già intaccato, se non sgretolato, già in parte som-
merso. Nella sua opera di giornalista, e specialmente negli articoli
raccolti nel volume Un treno nel Sud, *egli fu sempre attentissimo a*
cogliere i sintomi di novità e i segni della trasformazione che andava
producendosi nella società meridionale, e ne indicò anche le cause nei
nuovi traffici, nell'arrivo delle strade, nella possibilità di viaggiare,
nell'estendersi dell'istruzione, nella rivoluzione economica prodottasi
nel Novecento, nella emigrazione, che portò tanti calabresi in Ameri-
ca, li aprì a nuovi orizzonti e certamente migliorò le condizioni eco-
nomiche della regione. Ma già in Gente in Aspromonte *Alvaro co-*
sì scriveva: «Ora la strada cui lavorano da vent'anni sta per brucia-
re all'arrivo con l'ultima mina. Già arriva qualche forestiero dove
arrivava soltanto qualche carabiniere in occasione di qualche delit-
to... Ancora i puledri col monello a bisdosso cavalcano pel sentiero se-
colare, e i buoi portano dall'alta montagna i tronchi d'albero legati a
una fune trascinandoli in terra senza carro. È un fatto che qui man-
ca la nozione geometrica della ruota. Ma per poco ancora. Come a
contatto dell'aria le antiche mummie si polverizzano, si polverizzò co-
sì questa vita. È una civiltà che scompare, e su di essa non c'è da
piangere, ma bisogna trarre, chi ci è nato, il maggior numero
di memorie».

Si saranno percepite le esitazioni di questa pagina, il suo mostrare
il nuovo accanto al vecchio, il suo vibrare di speranza e insieme di no-
stalgia. E si sarà anche notato che essa si chiude con la parola memo-
ria. In realtà quello di Gente in Aspromonte *è un mondo arcaico*
rivisto e giudicato con gli occhi della memoria. Esso era così, sembra
volerci dire Alvaro: un mondo chiuso, primitivo, elementare, dove i
rapporti sociali erano duri, anzi spietati, e le ingiustizie profonde.
Ma esso possedeva anche i suoi valori, una sua bellezza, le sue segrete
dolcezze, che poi s'identificano, agli occhi di Alvaro, coi ricordi della
sua infanzia e con le sue nostalgie di perpetuo esule dalla sua regione.
Perciò se su di esso non c'è da piangere, dice Alvaro, bisogna tuttavia
custodirne gelosamente la memoria. Ed è perciò, anche, che quello de-

scritto in Gente in Aspromonte *è un mondo severamente giudicato, ma in pari tempo amorosamente rivissuto, in un perpetuo ondeggiamento dei sentimenti, in un continuo oscillare tra il moralismo e il lirismo e in un altrettanto continuo contrastare tra l'uomo moderno e l'antico che convivevano in Alvaro.*

Mario Pomilio

Gente in Aspromonte

1

Non è bella la vita dei pastori in Aspromonte, d'inverno, quando i torbidi torrenti corrono al mare, e la terra sembra navigare sulle acque. I pastori stanno nelle case costruite di frasche e di fango, e dormono con gli animali. Vanno in giro coi lunghi cappucci attaccati ad una mantelletta triangolare che protegge le spalle, come si vede talvolta raffigurato qualche dio greco pellegrino e invernale. I torrenti hanno una voce assordante. Sugli spiazzi le caldaie fumano al fuoco, le grandi caldaie nere sulla bianca neve, le grandi caldaie dove si coagula il latte tra il siero verdastro rinforzato d'erbe selvatiche. Tutti intorno coi neri cappucci, coi vestiti di lana nera, animano i monti cupi e gli alberi stecchiti, mentre la quercia verde gonfia le ghiande pei porci neri. Intorno alla caldaia, ficcano i lunghi cucchiai di legno inciso, e buttano dentro grandi fette di pane. Le tirano su dal siero, fumanti, screziate di bianco purissimo come è il latte sul pane. I pastori cavano fuori i coltelluzzi e lavorano il legno, incidono di cuori fioriti le stecche da busto delle loro promesse spose, cavano dal legno d'ulivo la figurina da mettere sulla conocchia, e con lo spiedo arroventato fanno buchi al piffero di canna. Stanno accucciati alle soglie delle tane, davanti al bagliore della terra, e aspettano il giorno della discesa al piano, quando appenderanno la giacca e la fiasca all'albero dolce della pianura. Allora la luna nuova avrà spazzata la pioggia, ed essi scenderanno in paese dove stanno le case di muro, grevi delle chiacchiere e dei sospiri delle donne. Il paese è caldo e denso più di una mandra. Nelle giornate chiare i buoi salgono pel sentiero scosceso come per un presepe, e, ben modellati e bianchi come sono, sembrano più grandi degli alberi, animali preistorici. Arriva di quando in quando la nuova che un bue è precipitato nei burroni, e il paese, come una muta di cani, aspetta l'animale squartato, appeso in piazza al palo del macellaio, tra i cani che ne fiutano il sangue e le donne che comperano a poco prezzo.

Né le pecore né i buoi né i porci neri appartengono al pastore. Sono del pigro signore che aspetta il giorno del mercato, e il mercante baffuto che viene dalla marina. Nella solitudine ventosa della montagna il pastore fuma la crosta della pipa, guarda saltare il figlio come un capriolo, ode i canti spersi dei più giovani, intramezzati dal rumore dell'acqua nei crepacci, che borbotta come le comari che vanno a far legna. Qualcuno, seduto su un poggio, come su un mondo, dà fiato alla zampogna, e tutti pensano alle donne, al vino, alla casa di muro. Pensano alla domenica nel paese, quando si empiono i vicoli coi lor grossi sospiri, e rispondono a loro, soffiando, i muli nelle stalle e i porci nei covili, e i bambini strillano all'improvviso come passerotti, e i vecchi che non si possono più muovere fissano l'ultimo filo di luce, e le vecchie rinfrescano all'aria il ventre gonfio e affaticato, e le spose sono colombe tranquille. Pensano alla visita che faranno alla casa di qualche signore borghese, dove vedranno la bottiglia del vino splendere tra le mani avare del padrone di casa, e il vino calare nel bicchiere che vuoteranno tutto d'un fiato, buttando poi con violenza le ultime gocciole in terra. Quel vino se lo ricordano nelle giornate della montagna come un fuoco dissetante, poveri ed eterni poppanti di mandra.

Accade talvolta che dalle mandre vicine arrivi qualche stupida pecora e qualche castrato che hanno perduta la strada. Conoscono gli animali come noi gli uomini, e sanno di chi sono, come noi riconosciamo i forestieri. Si affaccia l'animale interrogativo, e i cani messi in allarme si chetano subito. Zitti e cauti afferrano l'animale e lo arrostiscono. Uno gli ha ficcato

4

un palo in corpo, un altro lo rivoltola sul fuoco, un altro con un mazzetto d'erbe selvatiche asperge di grasso l'animale rosolato, teso, solenne come una vittima prima del sacrifizio, propizia al bere. Bevono acqua e si sentono ubbriachi lo stesso. Ma serate come queste ne capitano una all'anno, se pure, e la vita è dura. Almeno, a primavera salgono da loro le massaie. Allora, coi primi agnelli che saltano sulla terra, vagiscono sull'erba le creature dell'uomo, o si dondolano nelle culle attaccate fra ramo e ramo dove balzano ridesti i ghiri e gli scoiattoli. Poi rinverdiscono perfino le pietre, e la gente comincia a salire la montagna col vento dell'estate. Cominciano i pellegrini dei santuari a passare da un versante all'altro cantando e suonando giorno e notte. Il vinattiere costruisce la sua capanna di frasche presso la sorgente dell'acqua, e la notte, per illuminare la strada, si appicca il fuoco agli alberi secchi. Gl'innamorati girano tra la folla per vedere l'innamorata; e cani arrabbiati, vendicatori, devoti, latitanti, e ubbriachi che rotolano per i pendii come pietre. Allora vive la montagna, e da tutte le parti il cielo è seminato dei fuochi dei razzi che si levano dai paesi lungo il mare, come segni indicatori che là sono le case, là i santi coi loro volti di popolani che non hanno più da faticare e stanno nel silenzio spazioso delle chiese.

Fu appunto in una di queste sere che in montagna accadde una disgrazia. Era la vigilia della festa, e nella capanna di un pastore, l'Argirò, c'era silenzio. Il figliolo stava cheto, il pastore suo padre gli diceva scuro: «Antonello, tu verrai con me in paese. Te la senti di camminare?». «Sì, padre». «Ci sono sei ore di strada». «Camminerò». «C'è la luna, del resto, e si andrà bene, freschi». «Camminerò», disse Antonello, «sono forte, io». Il ragazzo era serio serio, con quella forma di partecipazione al dolore degli altri per cui i ragazzi diventano pensierosi e ubbidienti; aveva il costume di pastore, che gli avevano fatto da poco, con la cintura di cuoio alta un palmo intorno alla pancia; era contento di andare in paese col vestito nuovo, peloso, per la prima volta. Era nato in montagna, e non si sapeva immaginare una casa di muro, come gli dicevano. Siccome sentì che suo padre rimestava qualche cosa nella

5

capanna, saltò su a dire: «Volete aiuto, padre?». Quello non rispose; nella capanna bassa dove si entrava carponi, stava mettendo tutto nella bisaccia: la fiasca, la mantelletta da inverno, il sacco. «Portiamo via tutto?». «Come vuole Dio, figliolo». Antonello si mise a frugare sotto lo strame delle pareti e tirò fuori il fischietto e un pacchetto di figurine di santi tutte gualcite. «Volete mettere dentro anche queste?». Il padre le ripose nella bisaccia, e questo rispetto verso le sue cose fece piacere al ragazzo. La bisaccia fu messa sulla soglia della capanna. Il padre si sedette un poco, si terse il sudore, poi si levò, si caricò la bisaccia a tracolla: «Andiamo». Ma prima di partire chiuse accuratamente la porta di frasche assicurandola con un macigno che vi rotolò davanti. Si vedeva di lontano il mare balenante nell'ombra serale, che laggiù non era ancora arrivata, e davanti al mare una montagna che pareva un dito teso, e ancora più vicino la striscia bianca del torrente. La sera girava pei monti in silenzio e ripiegava i lunghi raggi del sole. Le ombre cominciavano ad allungarsi per la pianura. «Volete che vi porti un poco la bisaccia, padre?». Il padre gli accomodò la bisaccia a tracolla, puntandola nel mezzo con un bastone che faceva leva sulla spalla del ragazzo. Il ragazzo era contento di quel peso, e sentiva il bastone che gli faceva un dolce male. Il padre diede un'ultima occhiata alla capanna. Appena risalito il monte, si volsero. Videro l'albero magro inclinato sulla capanna, i sassi attorno come bestie che meriggiassero, o come mobili di una casa; là si erano seduti tante volte. Il grosso cane bianco, accorso come se sapesse che si partiva, li seguì.

Valicata l'altura, videro la strada lungo il ciglio del burrone popolata d'uomini e di bestie. «Viva Maria!», gridarono verso di loro. Il padre levò la mano e disse con un filo di voce: «Viva!». Gridò anche il ragazzo con una voce argentina, lieto di aprir bocca. Si sentiva dietro, sull'altro versante, partire colpi di fucile, una gragnuola di colpi. La folla si snodava lungo lo stretto sentiero in fila indiana. I bambini piangevano nelle ceste che le donne portavano sulla testa, i muli con qualche signore seduto sopra facevano rotolare a valle i sassi, una signora vestita bene camminava a piedi nudi tenendo le scarpe in mano, per voto. Una donna del popolo andava con le trecce sciolte. Un popolano portava sulla testa un enorme cero che aveva fatto fondere del suo stesso peso e della lunghezza del suo corpo, per voto. Antonello stava a bocca aperta. Nella valle l'ombra era alta, e pareva che la riempisse, col rumore di un torrente che si gettava da un salto del monte. La luna si affacciò dalla parte del mare, dietro ai monti, come una guardia. Presso una capanna di frasche il pastore e Antonello si fermarono. L'uomo che stava dietro al banco tra una fila di bottiglie, presso un bottazzo di vino, appena vide il pastore poggiò le mani al banco, si sporse, e disse: «O compare Argirò, che cosa succede?». «La mia sfortuna, compare Fermo». «Che c'è?». «Ho perduto il mio bene. I buoi che avevo in custodia dal signor Filippo Mezzatesta, sono precipitati giù nel burrone. È finita. Questa è la rovina della casa mia». «O quando?». «Oggi stesso, dopo mezzogiorno. Bella festa della Madonna che è per me». «E le avevate a metà le bestie?». «Sissignore, col signor Filippo Mezzatesta. Perché non le comperate voi? La pelle è buona, la carne è come macellata oggi. Non sono morte di morbo. Con tutta questa gente che passa si vende». «Carne di bestia morta, è sempre». «Come macellata, vi dico. Questa osservazione non me la dovevate fare proprio voi. Tra di noi...». «Andiamo a vedere?». «Sono qui sotto al burrone del Monaco». «Quattro animali, avete detto?». «Sì; e c'era una giovenca che era una bellezza, tenera come il latte». «Tu aspettami qui», disse il padre di Antonello. «Se qualcuno domanda della bottega», aggiunse il Fermo, «digli che torno subito. Non far toccare niente a nessuno». «Che rovina della mia vita, compare Fermo!».

Si avviarono. Antonello sedette davanti alla bottega e chiamò il cane a sé tenendolo pel collare. Ma quello gli sfuggì per correre dietro al padrone. Antonello, rimasto solo, aveva paura. Sentiva l'odore del vino, odore nuovo che gli piaceva, e guardava quelle bottiglie in fila con tanti colori. «Rosolio»: questa parola gli venne alla mente. I pellegrini si facevano più

7

rari; una comitiva sbucò suonando e sparando in aria. Andava avanti uno con una zampogna, e un altro batteva ora il pugno ora le cinque dita a un tamburello. Altri lo seguivano a passo di ballo, per voto, come potevano, uomini e donne. Uomini e donne si davano a tratti, ballando, di gran colpi con le natiche, senza ridere. La luna si faceva più rossa, l'ombra cadeva come un mantello. Gli alberi, quasi tutti col solco e lo squarcio del fulmine, si ingigantivano nell'ombra. La compagnia dei suonatori si allontanava. Una ragazza a piedi nudi passava davanti al ragazzo. Egli le vide un filo di sangue che le colava sul piede. «Ragazza», le gridò, «quello è sangue». Ella rise: «Lo so». Un'altra frotta di pellegrini sbucò coi fucili sulla strada. Avevano accese le fiaccole. Uno si fermò ai piedi di una quercia spaccata in due dal fulmine, gialla e morta, le accostò una fiaccola di resina ai rami: una fiammata avvolse la quercia che divampò tutta come una torcia gigantesca crepitando veloce. Allora il ragazzo chiamò a gran voce: «Fido!». Il cane apparve sul ciglio della strada coi suoi occhi stupiti. Dalla folla allora partì un colpo, un grido: «Eccolo il cane arrabbiato!». Il cane stramazzò al suolo guardando all'ingiro che pareva parlasse e domandasse perché. Il ragazzo battendo i denti si accovacciò sulla soglia della bottega. La compagnia era dileguata ridendo. Antonello si toccò la bisaccia, vi si sedette sopra, e non aveva il coraggio di guardarsi intorno.

2

L'Argirò col figliolo arrivarono al paese che era l'alba. Risalito il poggio, le case addossate una all'altra come una mandra si presentarono ai loro occhi. Da secoli questo paese si era cacciato nella valle, e vi si era addormentato. Intorno, a qualche miglio di distanza, gli altri paesi che si vedevano in cima ai cocuzzoli rocciosi si confondevano con la pietra, ne avevano la stessa struttura, lo stesso colore, come la farfalla che si confonde col fiore su cui è posata. Sembra un mondo spento, lunare. Attraverso i letti dei torrenti, i viandanti che tentano di raggiungere le vallate, nel silenzio reso più solitario dal ritmo della cavalcatura, sembrano abitatori di spelonche. Ma a inoltrarsi appena fra gli speroni dei monti, sulla striscia del torrente, si vede la montagna che nasce tra la valle animarsi della sua vita segreta, e sembra di udir le voci di tutte le sorgenti che scaturiscono da essa. Si rivelano i paesi coi loro fiocchi di fumo, le voci disperse, i suoni intermessi, la voce soprana delle campane. È una vita alla quale occorre essere iniziati per capirla, esserci nati per amarla, tanto è piena, come la contrada, di pietre e di spine.

Ora la strada cui lavorano da vent'anni sta per bruciare all'arrivo con l'ultima mina. Già arriva qualche forestiero dove arrivava soltanto qualche carabiniere in occasione di qualche delitto, o il merciaio ambulante che raccatta gli stracci e compera i capelli che le donne nascondono nei buchi dei muri. Ancora i puledri col monello a bisdosso cavalcano pel sentiero secolare, e i buoi portano dall'alta montagna i tronchi d'albero legati a una fune trascinandoli in terra senza carro. È un fatto che qui manca la nozione geometrica della ruota. Ma per poco ancora. Come al contatto dell'aria le antiche mummie si polverizzano, si polverizzò così questa vita. È una civiltà che scompare, e su di essa non c'è da piangere, ma bisogna trarre, chi ci è nato, il maggior numero di memorie. La liberazione del reame delle Due Sicilie trovò qui un ordine stabilito da secoli. Il parapiglia che avvenne col riordinamento dei beni demaniali, ingrossò alcune fortune già pingui. Il paese rimase quello che era: un agglomerato di case rustiche composte di una stanza a terreno, con la terra naturale per impiantito, la roccia per sedile e per focolare, intorno a una sola casa nobile con portici, stalle, cucine, giardini, servi. Il popolo si agitava e si affannava intorno a questa casa che era attigua alla chiesa, e dove era tutta la ricchezza, tutto il bene e il male del paese.

Antonello vide questa casa posta in alto, su un poggio, col suo portico che reggeva una loggia. Egli seguiva, saltando, le orme del padre, e non si stupiva delle case di muro. Ad alcuni edifizi il sole baluginante faceva brillare qualche cosa di lucido, come il ghiaccio, che si infocava a mano a mano per poi diventare liscio e chiaro come l'acqua. Domandò soltanto: «Quale è la casa dove sta la mamma?». Non si vedeva la casa. Era confusa fra tante, non dissimile da nessuna. Poi i suoi occhi tornarono alla grande casa col portico, e pensò: «Quella dev'essere la casa dei Mezzatesta». I galli si mandavano la voce, spersi richiami di donne rompevano il silenzio. Il ragazzo con un bastone si divertiva a fare strage di certi cardi coi fioccosi fiori rossi bruciati dalla grande estate. Tutto gli parve più gentile che in montagna. Raggiunta la prima casa, parve che la terra improvvisamente si restringesse. Usciva dalla porta spalancata un fiato caldo come dalla bocca di un animale. Una donna si pettinava seduta sullo scalino della porta e immergeva il pettine in un catino d'acqua. Siccome era festa, il paese era quasi deserto e pigro. Le poche persone rimaste stavano sedute sugli spiazzi davanti alle case, o sugli scalini, intente alle faccende loro, a pettinare i ragazzi, a pulire le verdure pel pasto. Certe ragazze, che andavano scalze e col vestitino da festa, portavano appesa al petto, legata a un nastro colorato, la medaglina della Madonna. Una fila di muli sbucò da un vicolo, e davanti la faccia rossa del mercante di pelli. «Che c'è, Argirò?». La voce dei quattro buoi precipitati in montagna passò, non si sa come, da porta a porta.

A casa trovarono la madre sulla soglia. «Che c'è, per l'amor di Dio?». Argirò le raccontò tutto in quattro parole. Dalle finestre basse le donne si erano affacciate a sentire e si passarono la notizia. Una si presentò con un'aria maligna e sottomessa, e disse: «O Betta, ce l'avete un chilo di questa carne per me?». Nessuno le rispose, ma dall'interno della casa la voce dell'Argirò si mise a gridare: «Gente maledetta, che vuoi mangiare della mia rovina, che non aspetti che finiscano le disgrazie per buttartici sopra. L'ho già venduta tutta, e tutti ne mangeranno meno che questa gente maledetta. Quando a un cristiano capita qualche cosa di male, tutti intorno a volersene profittare come cani! Misericordia, Signore! Puah, puah!». Antonello si era seduto sulla cassa della biancheria e ascoltava quelle parole come una nenia, attentamente. Per la prima volta capiva di essere in mezzo a qualche cosa di ingiusto; il sentimento della sua condizione gli si affacciò alla mente improvviso e chiaro e si sentiva come un angelo caduto. Guardava fisso l'immagine di San Luca appesa dietro alla porta. Suo padre si era seduto sul letto. La madre gli diede quattro fichi e un pezzo di pane: «Mangia, figliolo». Quello sentì le mani di sua madre nelle sue per un attimo, calde come se fossero le sue mani stesse. La stanza era segreta e fresca. Fuori si sentivano voci e rumori quasi in ritmo, come il rumore assiduo della pioggia. Antonello si addormentò, col pane nel pugno, sulla cassa.

3

Non erano le otto quando l'Argirò entrava nel palazzo dei Mezzatesta. Il portone era aperto. L'arco del portone, di cinque metri d'altezza, mostrava la sola pietra lavorata che esistesse in paese, e di cui uno scampolo era servito per lo stipite della chiesa, per i gradini, per le due magre colonne. Palazzo e chiesa addossati, recanti essi soli i materiali nobili del paese, il ferro e la pietra, e la sola forma nobile, la colonna. Dentro quel palazzo, composto di tre edifizi addossati, con scale interne ed esterne, che partivano tutte da un ampio cortile, a entrate diverse, sostenuti da contrafforti coi fichi selvatici nella massa del muro, sui bastioni, o come ciuffi sull'arco del portone, viveva la grande famiglia dei Mezzatesta, con le scuderie a terreno, i magazzini, le cucine piene di servi, e al piano nobile i padroni con le loro donne dal capo incerto e vezzoso agitantesi in ritmo di comando. Essere servi in quella casa era già un privilegio. Le serve che in lunghe file tutto il giorno andavano e tornavano con gli orci e i barili sulla testa ad attingere acqua a tre chilometri dal paese, formavano la cupidigia segreta dei maschi, recando esse, fuori di casa, il sorriso della più giovane padrona nata dalle nozze fra cugini, che annaffiava castamente verso sera il garofano elegante sulla terrazza. Queste serve avevano smesso l'abito popolare. In

11

queste case pochi penetravano senza un segreto timore. Dovunque ci si voltava era terra di questa casa, dalle foreste sui monti agli orti acquatici presso il mare. Dovunque, comunque. Era loro la terra, loro le ulive che vi cadevano sopra, erano loro le foreste sui monti intorno, loro i campi tosati di luglio quando tutta la terra è gialla e i colli cretosi crepano aridi. Quanti schiaffi volarono sulle facce dei contadini, quanti calci dietro a loro! Le anticamere rigurgitavano di gente misera che aspettava di essere ricevuta, rovinata per un maiale colpito dal morbo o per un bue precipitato in qualche strapiombo. Qui si discuteva della roba, perché erano di quella casa gli animali che pascolavano e gli alberi che davano frutto. La notte, tappati nelle case, mentre rari passanti si illuminavano la strada con fiaccole e tizzoni, i ragazzi ascoltavano le fiabe immaginando che si svolgessero in quella casa, e in quelle scuderie pensavano che la Cenerentola avesse ballato col Reuccio. I signori, detti anche galantuomini o calzoni lunghi, erano due tipi di aspetto uguale, dai nasi brevi e ricurvi come quelli di certi pappagalli. Le loro ramificazioni nei paesi vicini si conoscevano come le discendenze regali. Venendo l'età del matrimonio, si decise che uno di essi, Filippo, sposasse una cugina, per non spartire la roba. Costei arrivò dal mare e si seppellì nella grande casa. Teneva le chiavi dei magazzini. Quando apriva le porte sulla strada assolata, era come se si aprisse un paradiso ombroso: il grano vi stava a montagne d'oro, il granoturco decorava con le sue pannocchie i soffitti, i formaggi in pile stavano sotto i rocchi colanti delle salsicce, le giare dell'olio e le botti davano sonore intonazioni nella profondità. Solo in quella casa si sentivano le voci risuonare come in chiesa. I monelli si sporgevano alle grate delle scuderie e dei magazzini per gridare «Ah!» e per sentire il grido diventare cantante nei meandri delle botti.

Una grande scalinata di pietra grigia, larga come un fiume, sormontata da quattro colonne, su cui erano gittati tre archi, si aprì davanti all'Argirò. Salirono tenendosi al muro come per un luogo troppo stretto. Poi, superata la scalinata, una grande porta. Antonello diede la mano al padre. Nell'andito buio e sonoro si rispondevano segrete più porte. Un odore di strame, di olio, di fieno, invadeva l'andito su cui si spalancavano le inferriate dei magazzini, e delle stalle. Quando, traversato l'andito e salita un'altra scala, si trovarono su un pianerottolo, la luce di un grande finestrone li investì come un torrente. Piccoli, con un senso di freddo, si trovarono davanti a tre porte chiuse. Una di queste si aprì e una donna attempata si affacciò a vedere. «Ah, siete voi, l'Argirò!». «Si può parlare col padrone?». «A quest'ora? I signori dormono a quest'ora», fece la donna. «Se volete aspettare...», aggiunse aprendo la porta.

Era una cucina vasta e nera. Lungo le pareti erano disposti i sacchi gobbi del grano. Al soffitto era appesa una lunga decorazione di salsicce attorcigliate attorno a una canna. In un angolo era elevato un lettuccio su due trespoli di ferro, coperto d'un candido lenzuolo sotto il quale s'indovinavano le forme del pane fresco appena impastato come una teoria di mammelle tagliate a molte sante martiri. Tre donne stavano sedute in terra, e un'altra, presso il forno che era in un canto come un mostro familiare, gittava dentro rami secchi che avvampavano subitanei. Una delle ragazze accosciate in terra faceva girare un tubo di ferro su un fornello acceso, e un fumo gentile, greve, inebriante, si sprigionava di là. «Questo è l'odore del caffè», disse il padre ad Antonello. Antonello stava a guardare in piedi, accanto a suo padre appoggiato alla porta. Di tratto in tratto la ragazza che tostava il caffè lo guardava di sotto in su per poi abbassare repentinamente gli occhi sui suoi piedi nudi. «È vostro figlio?», disse la più vecchia. «Sì». «È solo?». «Ce n'è un altro che deve arrivare». «Salute e pace!». Le altre donne sorrisero come per ripetere l'augurio «Perché non vi sedete?». Essi presero posto lungo la panca, e non sapevano dove metter le mani. Antonello cercava di scoprire chi fosse tra quelle donne la padrona. Guardava la donna che introduceva le fascine nel forno, e il ritmo della sua veste che in quel moto continuo si levava e si abbassava sulle sue anche facendo strane figure che storcevano la bocca e il naso. L'odore del pane che lievitava era tenero come quello del latte

13

e aspretto come il sudore. «Padre, qual è la signora Dolores?». «Non è qui; queste sono tutte le sue serve». Allora egli si mise a guardare quella che tostava il caffè e che aveva una medaglina della Madonna puntata sul petto, sopra la mammella sinistra, e gli parve che si avvicinasse a lui come fatta del suo stesso sangue, sentimento vago e nuovo. Una voce tuonò nell'andito, una voce strascicata e nasale, ma imperiosa: «Annunziata!».

La donna più vecchia si precipitò al fornello gridando: «Subito il caffè». Parve che si accorresse da tutta la casa verso un punto, come se uno stormo di topi fuggisse. L'Annunziata uscì col vassoio e le tazze e il bricco e il bianchissimo zucchero. Il forno si era chetato: caldo e dolce, grigio d'un grigio lontano, simile a un cielo nuvoloso, la sua profondità era segreta e sovrana. L'odore del pane cominciò a diffondersi mentre a mano a mano la pala infornava, e i pani stavano in quella profondità come creature vive, o come semi nell'urna d'un fiore. Una delle donne si accostò al ragazzo e gli mise fra le mani qualcosa di caldo e morbido: «Una ciambella. Mettila in tasca». Antonello sentiva il calore di quella forargli i panni, posare calda sullo stinco con un senso piacevole e nuovo. «È pane bianco», gli disse il padre tentando di sorridere.

Filippo Mezzatesta non era ancora vestito che volle parlare con l'Argirò. Appoggiandosi alle spalle di due robuste donne, aveva camminato soffiando, sulla punta dei piedi scalzi, in una stanzetta accanto alla camera da letto e si era buttato di schianto su un sofà. Ora poggiava sul tappetino il calcagno nudo, tenendo in alto raggricciate le dita del piede. Era coperto appena della camicia e di un paio di mutande che si allacciavano alla caviglia. «Carmela, Teresa, presto, bagasce, altrimenti piglio un'infreddatura», andava dicendo. «Oh, Dio santo, o Madonna del Carmine!». Le donne accorrevano di qua e di là, portando gl'indumenti. Una gl'infilò le calze mentre quello continuava a soffiare e a inveire. Poi si chetò perché era arrivato all'esercizio più pericoloso: quello d'infilarsi i pantaloni. Alto, grosso, enorme, si puntellava con la mano alla testa di una delle due donne come su un bastone, mentre l'altra lo abbottonava e gli affibbiava la cintura di cuoio. Le sue grosse mani cosparse di peli rossicci sentivano la testa ben pettinata di Carmela coi suoi capelli neri, e la forma del cranio femminile, tondo tondo. L'altra gli aveva impresso nella schiena, nella furia di vestirlo, la forma delle sue dure mammelle. Si buttò di nuovo sul divano mentre gli calzavano le scarpe. «Piano, piano, con garbo!». Gli stavano infilando la scarpa sinistra ed era intento a soffiare nella tazza del caffè quando entrò l'Argirò. Poggiò il piede coperto della calzetta rossa in terra, spalancò i piccoli occhi color ciliegia, socchiusi fra le guance grosse e gonfie coperte di peli dorati, e disse: «Che c'è, Zuccone?».

Antonello, che seguiva il padre come un'ombra, sentì per la prima volta questo soprannome. Vedeva ora suo padre avanzare a capo chino, ripiegare la berretta nera e mettersela in tasca, stare in piedi con le braccia ciondoloni, appoggiato alla porta come chi sia sul punto di scappare. «Che è successo?», gridò il signore. «È successo, è successo che io sono rovinato». Raccontò d'un fiato il fatto delle bestie, e, come se abbandonasse un animale vivo, mise sulla sedia tre biglietti da cento lire e uno da cinquanta che si muovevano infatti aprendo gli angoli ripiegati, lentamente, come insetti che allunghino le alucce dopo aver finto di essere morti. «Ah birbante! Ah mascalzone! Tu lo hai fatto apposta, tu mi vuoi rovinare. Ma ti rovino io, invece». Gridava e pareva sul punto di soffocare. Si mise a tossire, e ne era tutto scosso e traballante nel corpo gigantesco. Le donne si erano messe in agitazione e gli stavano intorno, e chi gli diceva «buono buono», e chi gli batteva con la palma della mano la schiena. Si affacciò, senza rumore, attraverso la porta socchiusa, un ragazzo che stette a guardare l'Antonello. Gli si avvicinò, gli mise una mano in tasca e gli disse: «Hai qualche animalino da darmi, portato dalla montagna?». Il ragazzo tirò fuori della tasca del pastorello la ciambellina, la guardò, si mise a sbocconcellarla. Antonello divenne rosso che pareva di fuoco e non sapeva dove guardare.

«Io dico, signore», gridava l'Argirò, «che quando queste

15

cose succedono, è per la disgrazia di noi poveri pastori. I signori se ne infischiano. Essi hanno la tavola pronta sempre. Ma noialtri...». «Ce ne infischiamo?». Il Mezzatesta si era piegato a raccattare qualche cosa ma non ci riuscì, impedito com'era dal suo voluminoso ventre. In un secondo tentativo riuscì ad afferrare la scarpa che gli stava davanti, e la scaraventò contro il pastore. Questi la ricevette in pieno petto, e la vide cadere ai suoi piedi chiodata, gialla, enorme. «Tu dici che ce ne infischiamo? Perché? Rubiamo noi forse?». «Non dico questo. Dico che voi siete il padrone di mezzo paese, il padrone nostro, e della nostra ventura. Ma io che facevo affidamento sulla vendita della fiera per avere la mia parte, per me è un disastro. Io sono rovinato, io, non voi. Che interesse avevo a rovinarmi con le mie mani? È la mia cattiva stella». «Nossignore, lo hai fatto apposta. Tu sei una zucca, proprio come ti chiamano. Va' via, e non mi comparire più davanti». Dicendo così, contava il denaro che quello gli aveva lasciato, e in quell'atto, col volto chino, parlava, come chi prosegue distrattamente un discorso e pensa ad altro. Le donne stavano lungo la parete con le mani conserte, ed era come non sentissero, perché più volte l'Argirò, guardandole come per cercare aiuto, aveva veduto i loro occhi lontani e che non volevano vedere. «Ma signore mio, io faccio il pastore della vostra casa fin dalla nascita, fin da quando voi eravate ragazzo. Sono come questo ragazzo che vedete, anche lui creatura innocente, pastorello vostro. Questa volta m'è andata male. Ma come vi ho servito per tanti anni?». «Oh, sì, bella la vita di montagna senza far nulla. Gli animali mangiano da loro, camminano con le loro zampe. Bello sforzo, bello sforzo, fare il pastore». «La cosa è andata come è andata. Ma che non potreste darmi da custodire i maiali, per esempio, o le pecore? La sfortuna non si ostinerà poi sempre contro di me». «Niente, niente. Va' via. Io non ti voglio più vedere. Non voglio più aver nulla da fare con te». «Ma così mi rovinate!». «Ti rovino». «Ma questo, ma questo...». Non sapeva che dire. Si guardò attorno, vide il figlio di quell'uomo, che sbocconcellava l'ultimo pezzo di ciambella, che somigliava sputato a suo

padre e lo riconobbe odiosamente. Con una sùbita risoluzio-
ne, aggiunse pacato: «Allora datemi la metà del mio denaro.
Quello che mi spetta». «Quello che ti spetta? Sfacciato! Non ti
do un soldo capisci? E ricorri dal giudice, se vuoi. Fammi la
causa, capisci?». «No, per la montagna! voi me la darete la
parte mia, e se non me la darete la darete a qualcun altro. La
darete a Dio; ecco, al Signore Iddio che vede questa ingiustizia». Il Mezzatesta aveva puntellati i pugni sulle ginocchia
aperte, sporgeva il capo, tirava fuori gli occhi, apriva la bocca
per parlare. Ma l'Argirò non lo sentì perché usciva dalla
stanza, scendeva le scale tirandosi dietro il ragazzo, e sentì che
questi gli cercava la mano con la sua manina. Quest'atto gli
fece bene al cuore.

Guardò il ragazzo di tralice, e non poté resistere dallo
sfiorargli la guancia col dorso della mano. Quando passarono
davanti alla cucina, la vecchietta di prima domandò: «Che è
successo?». «Quel che vuole Dio». E scesero per quelle scale
che parevano tanto lunghe. Quando furono sotto l'arco,
l'Argirò fu preso da una nuova idea. «Andiamo da questa
parte», disse. Traversarono il cortile, affrontarono la scala
ripida, che menava al palazzo più basso, il palazzo del fratello
di Filippo Mezzatesta, il signor Camillo.

4

La porta era aperta, e sulla porta, seduta in terra, stava una
donna, immobile, col gomito puntato sul ginocchio, col pugno
chiuso sul mento. Intorno a lei lo stridore delle api era
continuo, ed ella stentava a tenere gli occhi aperti nel caldo di
settembre. Quando levò la testa, due occhi imperiosi e
pungenti si puntarono sul visitatore, e la voce di lei, aspra e
dura, disse: «Che cosa vuoi?». «Volevo parlare col signor
Camillo Mezzatesta». «Puoi parlare con me». «Io sono un
pastore, l'Argirò, quello soprannominato lo Zuccone». «A
servizio di chi stai?». «Stavo al servizio di Filippo Mezzatesta».
La donna si levò di scatto, traversò la porta e disse: «Entra».

17

Ora si era levata desta e pronta. Era una bella donna, piena, del colore dell'alabastro; i suoi occhi ammiccavano continuamente e sembrava che volessero dire più di quanto non dicesse con la bocca sinuosa e grande. I capelli spartiti in mezzo alla fronte le davano un aspetto docile, ma i suoi occhi focosi e inquieti smentivano subito questa prima impressione. Scalza, con l'abito delle donne del popolo, era difficile scambiarla per una di esse, perché i segni di un'agiatezza e di una mollezza sconosciute alle altre erano disegnati nella sua figura. Il mento rotondo, le mani fini, che cavava di quando in quando di sotto il grembiule come un'arma, la dicevano tutt'altro che comune. Tanto è vero che l'Argirò si levò la berretta dicendo: «Mi scusi tanto la vostra signoria». Ella parve lusingata di questo fatto perché sorrise lievemente sollevando gli angoli della bocca. L'Argirò la guardava incuriosito, con lo sguardo dell'uomo che capisce, ma ella ridivenne fiera e ermetica, e parve che gli dicesse: «Bada con chi hai da fare».

Fu introdotto in una stanza illuminata a malapena da una finestrella volta a mezzogiorno, su cui alcune piante di zenzero e di basilico mettevano una nota fresca di verde, come se di là vi fosse un giardino. Un uomo nel fondo, seduto su una poltrona, stava assorto a guardare in terra con una specie di smarrimento fisso e continuo. Levò appena la testa, e disse con una voce smorzata in cui strascicava le *esse*: «Siete voi, Pirria? Che cosa c'è?». Ma levando il capo apparve un uomo dalla fisionomia lunga e patita, con due baffetti radi e sfilacciosi sul labbro superiore, i fili della barba non rasata da qualche giorno sulle guance di cui sottolineavano il pallore. Portava sulla testa, legata con un filo di cotone rosso, una specie di corona di foglie di limone. Di quando in quando si portava la mano alla fronte per raggiustarsela. La donna disse all'Argirò: «Ha il mal di testa». In quest'atto sorrise appena con un lampo degli occhi. Difatti quello tirava lunghi sospiri. «Parlagli», aggiunse la donna, «e sbrigati». L'Argirò non sapeva più di dove cominciare. Cominciò a dire delle bestie, per poi tornare indietro a raccontare dei suoi primi rapporti col Mezzatesta, e in mezzo vi mescolava sua moglie, suo figlio, i ricordi più lontani e più disparati, fino a che la donna levò la voce per gridargli: «Insomma, che cosa vuoi?». Allora l'Argirò, sempre annaspando, si mise a dire: «Capisce bene, vostra eccellenza, che io con una famiglia, così, dico con due persone, e una terza che deve arrivare, e l'inverno che viene, io non ho niente...». Non lo lasciarono finire. La donna gli troncò la parola e gli disse: «Noialtri qui non abbiamo niente da darti. Hai capito?». L'uomo non sapeva più che fare. Camminando all'indietro voleva infilare la porta ma urtò contro una sedia. Il signore non aveva aperto bocca, e soltanto aveva guardato di quando in quando ora lui ora la donna, chinando il capo, non si sa se in segno di approvazione o di stanchezza. Solo quando il visitatore stava per infilare la porta fece un cenno con la mano, come per richiamarlo indietro. «Ti vuol dire qualche cosa», disse la donna. L'Argirò si avvicinò, e quello, con una voce strascicata, lontana, pronunziò: «Tu puoi andare da Ignazio Lisca. Quello che ci ha i denari e li dà in prestito». Allungò ancora la mano e disse: «Digli che ti ci mando io». Sorrise debolmente. Poi, con uno strillo inatteso disse: «Ohi, ohi la mia testa!». Ma la donna non gli diede retta e uscì insieme col visitatore. Questi ringraziava e si metteva la berretta. Sulla porta ritrovò suo figlio seduto sullo scalino, che giocava con una bambina.

La bambina era la Saveria, la figlia di Camillo Mezzatesta. Poteva avere la stessa età di Antonello: tonda, nera in viso, con una treccina annodata alla sommità del capo, aveva l'aria assonnata e materna che distingue le bimbe meridionali. Era su di lei quasi un'esperienza di razza, e malgrado la sua tenera età aveva le labbra umide e lo sguardo esperto delle donne grandi, ma innocentemente, e non era colpa sua. E poi queste sono soltanto apparenze, perché a contemplarla mentre faceva i suoi giuochi, ci si accorgeva che faceva tutto posatamente, con un raccoglimento infantile. Molte bambine del suo paese erano precoci e quasi portavano in sé le colpe dei loro genitori, malgrado la loro innocenza. Ma Saveria recava in viso le tracce della sua discendenza, e particolarmente la bocca della madre, come se un'ape cattiva la morsicasse ed ella non riuscisse a scacciarla. Costei giocava col figlio dell'Argirò che le descriveva la vita della montagna, le pecore, il cane, il lupo. Si era chinato in terra e simulava negli atti gli atteggiamenti di quegli animali. La bambina stava attenta come se fosse vero, e a stento tratteneva le risa, soltanto per non distrarlo dal giuoco e per seguitare l'illusione di quella finzione. Ma quando uscì il padre, Antonello si levò prestamente in piedi come a un comando e gli fu accanto. La bambina gli raccomandava che tornasse. Si avviarono, e quando stettero per svoltare l'angolo della strada si volsero tutti e due indietro. La madre e la bambina li guardavano ancora. L'Argirò sorrise mostrando i denti forti e bianchi. «Caspita che razza di donna!», brontolò.

La casa d'Ignazio Lisca consisteva in due stanze basse che davano da una parte sulla strada e dall'altra guardavano su una casa diroccata sul piano inferiore della strada; la casa diroccata dovette ai suoi tempi essere un'abitazione ampia, con qualche ornamento, come si vedeva dalla scanalatura di pietra della porta. Abbandonata non si sa da quanti anni, forse in seguito a un terremoto, il tetto era sprofondato, il terriccio aveva coperto il pavimento, un grosso fico era cresciuto nel mezzo, vasto e dritto. Finestre senza balconi davano su questa rovina. Ignazio viveva con la moglie, una donna vecchia prima del tempo, e con la figlia, una bambina di dieci anni. La sua parentela era molto intricata. Suo padre lo aveva generato da una che non era sua moglie, e che un giorno era fuggita non si sa dove. Rimasto solo, il padre si era dato alle pratiche di pietà, frequentando la chiesa tutti i giorni e cantando con voce di capra accanto all'organo. Suo figlio si era sposato con una donna nata da un misterioso signore lombardo, che si era ritirato nel paese dopo aver combattuto con Garibaldi, dicevano per causa di un suo disgraziato e non corrisposto amore al suo paese, dove non voleva tornare e dove non tornò. Costui si era tenuto in casa una donna senza volerla mai sposare, e che gli diede questa figlia. Ignazio era tutt'altr'uomo da suo padre. Aveva i capelli ricci color rame, ricci come quelli di suo padre che ora portava una ricciuta barba bianca come un vecchio dio pagano. Ma, contrariamente al padre, Ignazio era furbo e sottile, come una rivincita contro la sensualità che aveva dominata la sua casa. Si era messo a dare denaro a prestito appena avuti i primi spiccioli. Così allargò il suo commercio e la sua influenza, e ben pochi non erano debitori suoi. Inoltre giocava a carte con chi poteva, dalla mattina alla sera. Giocava anche in quel giorno che era la festa della Madonna.

Era suo compagno di giuoco il Labbrone, un giovane che, da quando aveva fatto il soldato, aveva smesso il costume da pastore, e siccome aveva imparato a leggere aspirava al posto di fattorino comunale. I due avversari di giuoco erano: il Pazzo arrivato in paese con la moglie di uno di Palermo e con tre figli di costei cui aveva aggiunto altri due suoi, e un forestiero, Giovanni Milone. Si vedeva bene che era forestiero. Era di un paese vicino dove la gente aveva fama di essere la più furba della contrada. Una vecchia rivalità fra i due paesi, narrata dalle favole, si dimostrava quel giorno aver fondamento. Un disprezzo reciproco regnava fra il Milone e gli altri tre. Milone, vestito pulitamente, con un odore di saponetta addosso, guardava con disprezzo i tre nei loro abiti sudici e rattoppati, il pelo del petto fuori della camicia sbottonata. Ignazio aveva contato su questo giorno in cui il Milone sarebbe sceso dal Santuario con le tasche piene d'oro. Milone era un parente del priore del Santuario, e tutti gli anni, alla festa, stava al banco della chiesa. Davanti ai suoi occhi, sul tappetino del banco, i fedeli buttavano anelli e orecchini per voto alla Madonna. Egli aveva veduto, fin da ragazzo, la sera, trasportare quell'oro in un sacco, un sacco pieno d'oro. Da due anni, da quando aveva conosciuto donne e carte, si faceva scivolare in tasca qualche cosa di quell'oro. Poi, compiuta quest'operazione, si sentiva troppo ricco, e gli pareva che non dovesse finir mai quella ricchezza sacrilega. Sembrava che avesse una gran fretta di liberarsi di quel peso. Ignazio, che sapeva che cosa è il denaro, lo aveva agguantato come un brigante allo svolto di una strada. Rivalità, disprezzo, puntiglio, si erano ben mescolati fra loro. Il fatto che quegli rubasse

21

era pubblico, ormai, e sembrava quasi senza importanza, come una bricconata da ragazzo.

«Fa' vedere, fa' vedere quello che hai portato quest'anno». «Non mi seccate», si difendeva Giovanni Milone. Gli occhi di tutti erano puntati sulle tasche del suo vestito nuovo, non ancora slabbrate dalla frequenza di metterci le mani. Ma quelli non si davano per vinti. Aspettavano con gli occhi spalancati, e, addocchiandogli un anello al dito, dicevano: «Fa' vedere». Ma Milone ammucchiava, senza darsene per inteso, monete davanti a sé, e le faceva suonare una contro l'altra. Ignazio sapeva che quando avrebbe finito il denaro, avrebbe tirato fuori altro. Infatti, quello, perse alcune partite, buttò sul tavolo un paio d'orecchini. Erano di quegli orecchini ben noti fra le donne del popolo, rappresentanti un intrico di fiorellini d'oro raggelati nella fonditura, con qualche sbavatura, fiori d'un'estate inoltrata. Fiori lontani da quelli che offrono i campi, fiori d'un giardino artificiale. Due straordinari fiori di smalto splendevano nel mezzo, freschi. Stranamente l'oro pareva consumato come se gli orecchini si fossero schiacciati durante il sonno, come gli anelli che si consumano alle dita delle spose, durante le faccende domestiche. Il Milone li pesò un poco nel cavo della mano. Ora quelli che gli stavano intorno non ardivano di allungare la mano, ma aspettavano che li facesse valutare. Silenziosamente il Milone, dopo averli soppesati, li passò agli altri. Socchiudendo gli occhi, Ignazio fece lo stesso. «Quanto dici che pesano?». «Credo che valgano sessanta lire», disse il Milone. «Sessanta lire?», fece Ignazio e glieli ricacciò in mano frettolosamente. Il Labbrone, che non era stato consultato, li aveva presi fra le dita e li studiava, mentre il Pazzo inghiottiva silenziosamente un po' di saliva che gli faceva andare su e giù per il magro collo il pomo d'Adamo. «Lascia stare, lascia stare», fece il Milone togliendoli bruscamente dalle mani del Labbrone con disprezzo. «Non ve li mangio mica». Si riprese l'oggetto mettendolo davanti a sé, e lo batteva sul tavolo come per fissargli un posto.

Era irritato d'aver perduto. Guardò Ignazio negli occhi e gli disse: «Vuoi giocare con me da solo a solo questo paio

22

d'orecchini?». «Non valgono sessanta lire, ma li giuoco lo stesso». Si distribuirono le carte, e Milone ne pizzicava gli angoli scoprendo lentamente le figure che gli erano venute in sorte. Perse. Ignazio si prese gli orecchini delicatamente, e se li mise in tasca dopo avere studiato come funzionava la chiusura. Poi, guardando il suo avversario di sotto in su, con gli occhi freddi e fissi, mentre gli tremavano i baffi, diceva accennando con le dita della destra unite: «Qua, qua, tira fuori qualche altra cosa». Allora cadde sul tavolo una spilla d'oro della stessa forma degli orecchini, ma con tre piccoli diamantini nel mezzo. «Se hai qualche cosa di più grosso tiralo fuori. Io giuoco per qualunque somma». Allora il Milone ammucchiò sul tavolo davanti a sé, cavandole da tutte le tasche, varie cose: «Ne ho qui per settecento lire almeno! Le hai settecento lire da giocare?». Il Labbrone guardava e gli pareva che la camera sprofondasse. Respirava a bocca aperta, con un lieve sibilo. Il Pazzo, inquieto, si ravviava i baffi che gli tremolavano come una grossa farfalla grigia. Ignazio andò nell'altra stanza, e tornò poco dopo con un pugno di carte-moneta ben piegate e quasi nuove. Le mostrò davanti, di dietro, in trasparenza: «Io non guardo se la tua roba vale davvero. Ma mi voglio cavare il gusto di vincerti. Queste sono settecento lire». Il Labbrone con una voce roca disse: «L'oro vale più di settecento lire». Tossì per schiarirsi la voce. Gli avversari si avvicinarono al tavolo premendovi contro il petto. Ognuno si accomodava la sua roba davanti. Si stringevano le carte sul petto, se le accostavano alla bocca. Ignazio scoprì le carte risolutamente: «Ho vinto: è inutile che continui a giocare. Seguito a giocare con le carte scoperte, se vuoi». Milone batté il pugno sul tavolo quando ebbe provato a seguitare la partita, e gridò: «Tu conosci le carte, tu le hai segnate». «O Milone, tutti gli anni mi fai la stessa storia. Guarda e vedi se sono segnate. È che so giocare meglio di te». «Ah, questo non lo devi dire». «Del resto, se non la smetti, io ti denunzio, e dico che hai rubato l'oro alla Madonna». Il Milone, pallido, si aggiustava la cintura, si riaggiustava la giacca indosso, si ravviava il ciuffo, e diceva: «Bene, non mi vedrai mai più. Ho qui altra roba. Fossi

stupido a farmela mangiare da te. Meglio farsela mangiare
dalle donne. E io sono un cretino a venire a giocare da te».
Ignazio, intento a guardare quell'oro che aveva preso nel
pugno, replicava: «Intanto ti ho vinto, e farai bene a non
giocare più perché di carte non te ne intendi. Gran giocatore
che sei!». «Ah», replicò Milone, «se dici di nuovo che non so
giocare...». Gli afferrò il polso mentre quello stringeva il
pugno pieno d'oro. Fu a questo punto che una voce nell'in-
gresso chiese: «È permesso?». Giovanni Milone lasciò la presa
mentre il Labbrone lo reggeva o fingeva di reggerlo. Il Pazzo,
seduto, giungeva le mani e mormorava: «Per l'amor di Dio,
calmatevi, vi volete rovinare?». «Ma non lo vedete che ha
paura?», diceva il Milone. Poi uscì brontolando: «Me la
pagherai!».

5

L'Argirò si era fermato e fingeva di non vedere. Quando
quello fu uscito, uscirono tutti gli altri. Il Lisca non aveva mai
avuto da fare con l'Argirò; stette un po' a squadrarlo, mentre
quello guardava di sotto in su, e faceva girare la berretta fra le
dita delle mani congiunte. Poi, risolutamente, gli disse: «Che
volete da me?». «Mi ha mandato da voi il signor Camillo».
«Bene». «Ho bisogno del vostro aiuto». Gli raccontò in poche
parole la storia, come erano precipitati i buoi, come lo aveva
accolto Filippo Mezzatesta, tutto. Di quando in quando
Ignazio lo interrompeva: «Ti ha detto che non ti dava nulla?
Ti ha detto di fargli la causa? Se gli fai la causa la perdi». Alla
fine disse: «Vuoi venticinque lire per la semina? Vieni, ecco
qua». Gli contò il denaro fra le mani, con un gesto di
disprezzo, come se lo cacciasse via. «Me lo restituirai in grano,
dopo il raccolto, al prezzo di quest'anno. Quindi, se il grano
costa di più...». «È vostro». «Non avresti un ragazzo che
potesse venire tutti i giorni da me ad attingermi un orcio
d'acqua alla sorgente?». «Un ragazzo?», disse pieno di gratitu-
dine l'Argirò. «Vi manderò mia moglie». «Va bene. Dille che

24

venga domani mattina, le do quanto agli altri, per questi servigi. Le do due soldi per ogni viaggio». «Le date quanto volete. C'è bisogno di questi patti?».

Così l'Argirò aveva qualche speranza per l'avvenire. Egli aveva in mente un pezzo di terra da prendere in fitto dal Comune, presso il torrente, dove il grano sarebbe venuto bello. Il Lisca, dietro le sue spalle, gli chiese mentre usciva: «È vostro questo ragazzo?». «Sì, è mio». «Come si chiama?». «Antonello». «Senti, Antonello, eccoti i soldi e va' per il paese a sentire se qualcuno ha uova da vendere. Se no, che mangio stasera?». Il ragazzo si levò volenteroso, aspettò che quello tirasse fuori dal taschino stretto i denari, li strinse nel pugno. «Non li perdere», gli raccomandò il padre. Il ragazzo si mise a correre per le strade, e si sentiva la voce sua d'argento gridare: «Chi ce le ha le uova?». Era contento. Strillava e saltava, guardando le donne davanti alle porte e alle finestre. Gli piaceva di sentire come gridava. La sua voce si sentiva qua e là per il paese, ora soffocata ora squillante. Poi, quando la sera fu alta, se ne tornò con quattro uova dentro la berretta.

La sera era chiara, c'era la luna. Erano intinti di luna gli alberi e la montagna, il mare lontano. Dopo i grandi calori era come se una lieve rugiada fosse passata sul mondo a inumidirne la sete. Pareva di sentire la voce delle fonti ai piedi dei monti, o dei fiumi risecchiti che si ricordavano del loro boato. Le ombre delle case per le strade strette erano dense e nere, e tagliavano a spicchi e a triangoli le strade, come se vi fosse disteso qua e là un panno scuro. Ma non erano voci di fontane quelle che si udivano, erano le voci delle donne. Giungevano dalle soglie delle porte dove stavano raccolte e cantavano lunghe filastrocche in onore della Madonna. Nei momenti di pausa sembrava di udire come si concertavano per la canzone seguente, poi una voce peritosa si levava lenta, si spiegava appena come un razzo a metà del suo cammino, poi si librava sicura in una grande nota tenuta, fino a che, per sorreggerla, sorgevano le voci delle compagne, quasi che quella svenisse sotto il peso di una grande emozione. Poi riprendeva quella voce, e faceva sentire la sua angoscia tra quella delle compagne, appunto come una sposa quando è accompagnata dalle amiche e dai parenti che le parlano dolce.

Antonello, seduto sulla soglia della porta del Lisca, ascoltava e cercava di indovinare di dove partissero quei canti. Gli sembrava che si sarebbe addormentato, e la tenebra delle ombre dense e la luna lo fasciavano di oblio come in un mondo incantato. Mentre stava così, due ragazzi con la berretta calata sulle orecchie, scalzi, tozzi, col vestito a brandelli, gli si fermarono davanti. Si tenevano per mano, e presero un'aria seria e provocante: «Chi sei tu?». «Io sono il figlio dell'Argirò, il pastore». «Ah, sei pastore?». I ragazzi si allontanarono. Poi improvvisamente dall'angolo di una casa un sasso volò sopra di lui e andò a sbattere contro la porta del Lisca. Una voce, la voce di uno dei ragazzi, disse: «Dàlli al forese, dàlli al pastore, dàlli al vestito di pelo!». Egli ora vedeva le due figure acquattate nel vicolo, e ne scorgeva le ombre buttate in terra dalla luna, due grandi berretti come una testa di animale. Si levò e si mise a correre. E quelli a inseguirlo. Ma non lo seguirono fino alle case alte dove dormono i pastori, e dove un'altra compagnia di ragazzi stava a confabulare sotto la luna. Qui gli domandarono: «Chi sei?». «Il figlio del pastore Argirò». «Bene, sei dei nostri! Sta' qui fermo». Uno di quelli che aveva parlato aveva sporta la testa, per guardare. Una sassata radente lo sfiorò. Erano tutti figli di pastori, col vestito di lana pelosa, con la cintura di cuoio, per la maggior parte scalzi. «Che cosa è successo?», chiedeva Antonello. Finalmente uno gli rispose: «Quelli dell'Università ci vogliono picchiare». «E chi sono quelli dell'Università?». «Quelli che hanno i pantaloni lunghi. I figli dei signori». Quello che aveva detto così teneva un grosso ciottolo in mano.

La compagnia, così com'era, decise di trasferirsi in una casa diroccata e abbandonata, di cui rimaneva soltanto un muro alto, e il quadrato basso delle mura crollate. Qui un odore acuto di strame li avvolse, e il silenzio, e la luna che viaggiava alta sopra il cielo. Stavano in silenzio ad aspettare. Poi uno, quello col ciottolo in mano, si sporse, tirò il sasso appena vide un'ombra che si avvicinava. Uno strillo gli rispose. Si guardarono tutti in viso e si dispersero. Ma Antonello non aveva capito. E nello stesso istante una voce lo chiamava: «Antonello! Antonello! Olà!», la voce di sua madre. Ma, mentre pensava di muoversi, si vide aggredito da tre ragazzi, fra cui distinse quei due che aveva incontrati prima. Uno con un sasso gli batteva sulla nuca, e un altro gli teneva ferme le mani, mentre il terzo diceva: «Dài, dài, così impara». Poi se la diedero a gambe nella notte. Antonello sentiva un gran dolore, e caldo, sulla nuca. Vi passò sopra una mano, se la guardò poi al chiarore della luna. Non c'era sangue. Ma gli doleva. Zitto zitto prese la strada di casa. Non disse nulla a nessuno, sbocconcellò il pane e le pere che la madre gli diede nel buio, poi si buttò in terra su una tela di sacco distesa, come faceva lassù nella sua capanna, mentre suo padre si era sdraiato al fresco, dietro la porta. Anche attraverso il tetto di tegole senza il riparo del soffitto filtrava la luce lunare. Si vedeva, nella casa, dopo un poco, tutto quello che c'era: la grande giara dell'acqua a un canto, il cestone del pane appeso al soffitto, il focolare che faceva nel buio come una macchia grigia, e il letto su cui era stesa sua madre, alto alto. Accanto al focolare, lo sprone della roccia, su cui era costruita la casa, stava come un'ombra inginocchiata. Egli sentiva respirare forte suo padre, e sua madre s'indovinava dal sonno tranquillo e immobile come se fosse morta. Dalle case vicine giungevano grossi sospiri, e nelle stalle soffiavano contro gl'interstizi della porta i maiali e gli asini. Tutte queste voci sentiva Antonello per la prima volta, dopo gli assorti silenzi delle montagne. Il mondo era un'onda sonora intorno alla sua casa, e il cielo, e le montagne che lo sostengono con le loro cime e i loro alberi, come un baldacchino, ora pesava immenso sul paese e sulla valle. Era come un fiume alto tenuto in un fragile letto, da cui poteva filtrare e rovesciarsi. Ma soprattutto era il continuo chiacchiericcio dell'abitato che gli faceva sentire d'avere iniziata una vita nuova. La vita in comune gli sembrava una curiosa invenzione e un accordo fra gente che ha paura. Si addormentò di colpo con un suono di campane nella testa, là dove gli doleva.

27

Siccome il pellegrinaggio e le feste erano finiti, Antonello conobbe altri ragazzi. La gente che era tornata dalla festa portava ancora il vestito nuovo per un paio di giorni, e le medaglie della Madonna coi nastri di seta verdi e rossi e gialli e azzurri stavano appese al collo delle bambine. Avevano vendemmiato. La terra si riposava. Qualche contadino di buon'ora aveva già cominciato ad andare pei campi a fare quei gesti folli che sembra facciano i contadini veduti di lontano, quando assaltano la terra come una donna. I pastori avevano ripresa la strada dei monti, ma non il padre di Antonello che si era buttato sul campo tolto in fitto e che si era messo a rivoltolare con la vanga. La madre ora faceva i servigi in casa del Lisca, portava acqua, lavava i panni, andava al mulino per la macinatura del grano. Antonello la seguì per qualche giorno come un cagnolino, e si divertiva a portarle l'orcio piccolo. Ella entrava col suo passo scalzo nella casa del Lisca, e per un poco si sentiva il suo sospirare trafelato. La signora Lisca, spettinata e sciamannata, la guardava fare. Poi le dava un piattello di roba che era avanzata e la mandava via. Quella riprendeva la strada e aveva trovato da lavorare ancora a portare pietre sulla testa per una fabbrica nuova, la fabbrica del prete che si costruiva una casa. Andavano e tornavano lunghe file di donne al sole, una dietro l'altra, e non parlavano. Antonello le seguì anche un poco. Gli avevano cambiato il vestito di orbace, ora che non andava più in montagna, e gli avevano messo un paio di pantaloni che non sapeva chi li avesse regalati a suo padre. Andò a cercare i compagni della sera prima, ma li vide che andavano in montagna dal padre, a riprendere la vita delle capanne.

Stava seduto dove sua madre cercava le pietre da portare alla fabbrica, in un campo, sotto una pianta di mirto, e vide comparire i due figuri di quella sera. Erano vestiti pressappoco come lui, solo che avevano un vecchio berretto da uomo, lacero e sudicio, che copriva loro il capo fino agli occhi. Uno aveva fatto un nodo scorsoio a uno stelo di saggina, e lo aveva posato su un sasso. Là presso una lucertola stava al sole, e sul collo le pullulava come un lieve battito che le gonfiava la pelle

28

cinerina. Un ragazzo si mise a fischiare per incantarla e la lucertola pareva udire, perché rimaneva fissa e ferma, a guardare in alto, forse il sole che rotolava pel cielo raggiante. Ma poi improvvisamente la lucertola fuggì con quello strepito che è la voce dei campi sul meriggio, tutta fatta di fughe e di animali che si nascondono tra le fratte e scivolano fra l'erba secca e sonora. Antonello guardava quello che facevano i due. Poi sedette su un sasso, tanto per darsi un contegno ruppe un ramo d'oleandro, e con un coltelluzzo si mise a fare sulla scorza lunghi fregi serpentini con un gran sole al sommo. Ne venne fuori una bella bacchetta. Allora, uno di quei ragazzi, il più grande, lo studiò, gli si piantò davanti, e gli disse: «Dammela, altrimenti ti picchio». «Te la do volentieri, senza botte», disse Antonello, «a patto che mi facciate giocare con voi». I due si guardarono e risero d'un sorriso furbo con occhiate adulte. «Bene, giocherai con noi». La bacchetta passò nelle mani del ragazzo grande. «Come ti chiami?». «Antonello». «Io sono il Titta». Antonello finse di sapere chi fosse il Titta. L'altro soggiunse: «E io sono Peppino». Stettero un poco in silenzio e il Titta aveva steso il braccio al collo di Peppino che se ne stava chiotto chiotto. Portavano i berretti di traverso, con un'aria di sfida. A un certo punto il Titta disse con un sorriso furbo: «Quanti anni hai?». «Dieci». «Io ne ho tredici e sono un ladro. Sì, sono un ladro, vuoi vedere?». Tirò fuori dalla tasca una cosa che pareva una testa di qualche statuina, dipinta al naturale, che pareva una cosa di favola. «Questa l'ho rubata in chiesa», aggiunse serio. Ma Peppino che fingeva di ridere aveva paura, e diceva: «C'è la scomunica».

Sbucò dalla fratta e sedette accanto a loro una bambina scalza, nera, con un visino piccino e patito dove due grandi occhi umidi guardavano fra le ciglia nere. Ella chinava la testa, e si metteva a ridere senza ragione. Titta la guardava con aria di protezione, e le disse bruscamente: «Brava, hai fatto bene a venire». Ella stava compunta e timida, e voleva sentire quello che dicevano. Si guardava di tratto in tratto dietro le spalle, in alto, sul ciglio del colle dove si scorgevano le case basse. «Mia madre mi cerca». Una voce difatti gridava: «Lisabetta, Lisabetta!». «Io non rispondo, altrimenti mi picchia. Io non voglio andare a casa». «Certo sarebbe bello se scappassimo tutti, col brigante Nino Martino!». «Non ci sono più i briganti in montagna», replicò convinto Antonello. «E tu che ne sai? Vivono nelle caverne, e se ci sono non vengono a dirlo a te». La bambina ascoltava. Ma a sentirsi chiamare di nuovo, Lisabetta, si levò e corse verso la casa dicendo: «Son qui». Il Titta esclamò: «Ora l'ammazza di botte». Difatti si sentì la bambina che gridava: «Basta, basta, non ne voglio più». «Dov'eri, disgraziata? Con quel mascalzone del Titta? Con quel figlio d'una buona donna? Non ti ci voglio più vedere. Se ci vai ancora ti lego mani e piedi». Il Titta ascoltava e rideva: «Parla di me: ma se la incontro una sera, quella donna, le spacco la testa con una sassata». Siccome il sole aveva invaso la valletta a perpendicolo, tornarono a casa. Ne scapparono via subito con un pezzo di pane e un pugno di frutta e pranzarono sotto gli archi del loggiato della casa Mezzatesta.

6

Stavano in quell'ombra e discorrevano rado, tra le voci del meriggio, le cicale assordanti, l'odore grave e arso del mondo che era intorno come la cenere rimasta da un incendio. In breve si formò una comitiva di ragazzi. Il Titta tirò fuori un mazzo di carte, tutte gualcite, e non più di venti, e si mise a distribuirle con sussiego. Più in là un altro gruppo guardava. Distribuite le carte, disse: «Giochiamo», e ne tirò una. Gli altri fecero lo stesso, ma nessuno sapeva giocare. Allora il Titta si prese le carte che erano state tirate e se le accumulò davanti. «Perché?», domandò Antonello. «Perché sì», replicò il Titta e non gli diede altra spiegazione. Ma Antonello insorse: «Spiegami perché hai vinto tu». «Perché sì». Il dialogo andò così avanti un pezzo. Il Titta, raggiustandosi il berretto davanti agli occhi, si volgeva agli altri compagni e indicava con un'occhiata d'intesa l'avversario. Poi, mettendo la mano avanti, e puntandogliela sul petto, si mise a spingerlo e a dirgli: «Va', va', va'!». Quest'atto fece ribollire il sangue ad Antonello. Gli altri incitavano i leticanti con grida di ohé, ohé, e mettendosi la mano davanti alla bocca e battendola in modo da fare un grido modulato. Alla fine, quando il Titta si fu assicurato d'essere spalleggiato, tirò un pugno sul ventre all'avversario. Questi non gridò né pianse, divenne bianco bianco, si portò la mano al ventre, poi sedette in terra e faceva con la mano il cenno: «Aspetta, aspetta!».

Un gruppo di ragazzi che aveva assistito di lontano alla scena, si raccolse intorno ad Antonello. Erano dei ragazzi molto più miseri di quegli altri, patiti e pallidi, non erano neppure vestiti del tutto. Attraverso le lacerature dei vestiti si vedevano le loro grosse pance tonde. Uno di essi, soprannominato il Sorcio, disse all'orecchio di Antonello circondandogli col braccio il collo: «Gridagli figlio di una buona donna, perché lo è». «Davvero?». «Non sai chi è sua madre?». «No, che non lo so». Tutti intorno si misero a ridere.

I discorsi che faceva questo secondo gruppo erano molto diversi da quelli degli altri: essi parlavano di donne. Uno descriveva di aver veduto una donna salire una scala a pioli, e tutti ridevano con una specie di oppressione e di soffocazione. Sembrava a tutti di sprofondare in un mare di ovatta. Ma ecco che, accolto da grandi grida, apparve un altro ragazzo che portava legato a un laccio un aquilotto appena piumato. Se ne veniva avanti senza voltarsi, e spesso lo trascinava nella polvere come una ciabatta. Era vestito con un abituccio pulito, a scacchi turchini e neri. Era molto diverso dai suoi compagni. Prima di tutto un color gentile e pallido gli era diffuso nel viso, e due occhi stranamente azzurri erano tristi come certe acque dense nei fossatelli dei campi. L'aquilotto si fermava di quando in quando a inseguire una lucertola che traversava la strada. Il ragazzo dell'aquilotto non era evidentemente come tutti gli altri, perché si fermò un poco più alto degli altri su un mucchio di terra. Aveva la vocazione di fare il prete, lo chiamavano il Pretino, ma il suo nome era Andrea. Il Pretino si sedette attorniato dai ragazzi. L'aquilotto guardava la luce intorno. Gli batteva presso gli occhi come il palpito d'una vena. Gli occhi li aveva coperti d'una membrana bianca come se fosse una lieve cenere. Il Pretino si mosse e tutti gli altri gli furono dietro. Il sole declinava, e i ragazzi decisero di fare la processione. Il Pretino teneva l'aquila al guinzaglio, e andava in testa a tutti con le mani giunte. I ragazzi dietro si erano raggruppati per ordine, e con dei sassi che picchiavano uno contro l'altro facevano i piatti della banda, mentre altri che con la bocca andavano mugolando «Piripiripirirì», facevano le trombe. Solo il Titta guardava in disparte con un lieve sorriso di compatimento. Antonello si era mescolato alla processione e ne era inebriato. Non sapeva che volesse dire, ma si sentiva trasformato, come alla vigilia di capire cose cui non aveva mai pensato. Anche lui si era messo uno stecco davanti alla bocca e fingeva di suonarvi, mentre il suo vicino aveva trovato da imitare le trombe che arrivano dietro l'orecchia, con uno storto ramo di fico. La processione sbucò in piazza, passò sotto le case, tra gli sguardi annoiati della gente che oziava nelle piazze e sulle soglie delle porte. Poi, un buon tratto fuori del paese, alla sorgente, la processione si sciolse e si cominciò un altro giuoco, quello di fare ponti e canali e orti presso il ruscello. I ragazzi si erano dispersi, il Pretino portava il suo aquilotto fra gli alberi e sull'erba. Antonello stava attento a quei giuochi.

Antonello era sotto il ponte ed ascoltava la strana musica dei calabroni e delle vespe che lo fasciavano di sonno. Stava per andarsene, quando sulla punta dei piedi scalzi si avvicinò a lui una bambina. Si fermò, lo stette a guardare sotto una frangia fittissima di ciglia. Aveva un viso sottile e tutto rifinito, fermo e breve, col naso che si attaccava dritto alla fronte e che le dava un'espressione attonita. Egli si mise a fare, sul ruscello che correva sotto il ponte, un ponticello di canne, poi un giardino intorno, poi il recinto d'una mandra, poi una piccola montagna. Lavorava diligentemente. Alla fine la bambina disse sgranando gli occhi: «Oh, che cos'è?», e indicò, tendendo il dito, l'opera del ragazzo. «Questo è il fiume, questo è il giardino, questa è la montagna, questa la mandra». «Ma non ci sono gli animali». Allora Antonello prese dei ciottoli levigati, e li sparse qua e là. «Ecco la mandra». «Oh, non è vero!». Aveva in braccio una bambola che consisteva in un sasso tondo rinvoltolato in un cencio bianco, come una mazza. Il cencio che ricascava da tutte le parti era la gonnella della bambola, che non aveva né occhi né bocca. «E questa che cos'è?», disse il ragazzo indicandola. «È la mia bambola». Ella la teneva gelosamente stretta in grembo, e di quando in quando la guardava fissa allontanandola da sé fra le mani giunte. Poi le si avventava contro e le stampava di quei baci caldi e quasi rabbiosi che sanno dare le madri, con una feroce tenerezza. Antonello la considerò un poco, poi le si accostò. Se la sentiva respirare vicina. Poi si misero a giocare e stabilirono che Antonello era il marito ed ella la moglie. «Come ti chiami, ragazzina?». «Teresa», disse ella indifferente come se dicesse il nome di una pianta. «Bene, Teresa, adesso io torno a casa». Allora Teresa fece le viste di aver molto da fare. Stese la bambola in terra, e di quando in quando le diceva: «Zitta, zitta, adesso vengo a darti il latte». Ma appena ebbe detto questo le venne da ridere, e vergognandosi delle sue parole si nascose con le mani la bocca. Poi si mise a soffiare su un focolare immaginario, buttata in terra.

Mentre stavano così apparve il Pretino. «Che fate?». «Giochiamo». «Mi fate giocare anche me?». «Ma tu non sei il Pretino che non giuoca?». «Io posso giocare, chi lo ha detto che non posso giocare?». «E poi in tre non si può giocare», disse la bambina: «bisogna essere soli per poter giocare». Ella diceva queste cose tranquillamente, assorta. «Vuoi vedere come si giuoca?». «Vediamo». «Ma il Pretino deve andar fuori». «Questa è la mia stanza. Allora io mi corico e tu ti corichi accanto a me». Il Pretino si scostò un poco fingendo di stare dietro la porta. Invece guardava attento, con gli occhi fissi. Antonello si coricò accanto alla bambina, e guardava il Pretino. Essa gli si stringeva accanto, e sentiva il suo respiro che era come la voce di un insetto nell'aria. Anch'ella faceva col respiro un ronzìo come se avesse un'ape nel petto. Antonello scese dopo un poco e non sapeva che dire. «Mi fai provare anche a me?», disse il Pretino. «Vieni», disse ella stando sdraiata e agitando le mani. Aveva un'aria assorta e sofferente. Il Pretino le stette accanto un poco ed ella gli carezzava la testa. Il ragazzo tremava. Ella lo baciò improvvisamente stringendolo fra le sue braccia magre, e rideva. Il ragazzo si mise a gridare che voleva andar via.

7

Il Pretino tornò a casa col batticuore. Si mise in un angolo della cucina, accanto alla Saveria, che era sua sorella, e stette a guardare il fuoco che si avvolgeva alla pentola nera. Aveva timore di guardare sua sorella, e nello stesso tempo gli veniva da ridere. Ella gli si sedette accanto, ed egli non tardò ad addormentarsi col capo poggiato alla spalla di lei. Nel sonno udiva tornare in casa i fratelli, e la voce già grave e burbera del Titta, e quella maliziosa di Peppino, e quella assennatina di sua sorella. Nel sonno gli pareva che sua madre picchiasse la Teresa, nel sonno vedeva la fontana dove le donne si riunivano a ciarlare, le strida e i gesti di queste donne, mobili e rapidi, e gli occhi lucidi, e gli pareva che fossero intorno a carezzarlo con le loro mani brune e corte, e ne sentiva il respiro come quando era più piccolo. Poi sentì che qualcuno amorevolmente lo spogliava, lo metteva a letto, e istintivamente chiuse le braccia intorno a una testa che respirava sul suo viso un alito dolce e caldo. Era sua madre; e come sempre gli accadeva nel sonno, ne sentiva il calore della pelle, e la grana fine, e quasi un sapore dolciastro. Si addormentò su un'alta onda di sonno come se il suo letto si fosse levato smisuratamente e toccasse il soffitto. Alla mattina il suo risveglio fu dolce e penoso come dopo una malattia. Aveva l'impressione, nel dormiveglia mattutino, di avere lasciato alla vigilia un giocattolo che gli piaceva molto, ma ora destatosi non sapeva più quale, e finalmente gli venne alla mente l'immagine di Teresa e il suo giuoco. Avrebbe voluto tornarvi ma non vi voleva pensare, e tremava di un tremito che gli scioglieva il sangue.

34

Quando fu desto e vestito, sua sorella pettinata strettamente e ancora umida d'acqua fresca, gli disse che la mamma doveva parlargli. Egli si precipitò nella stanza dov'era di solito il signor Camillo Mezzatesta, il quale ebbe un lampo di gioia negli occhi a vederlo, e un sorriso all'angolo della bocca, infantile. Era appena rasato. I servi avevano finito di vestirlo, e stavano ai suoi piedi ad allacciargli le scarpe. Egli abbassava di quando in quando gli occhi a guardarli, senza fretta e senza impazienza, come un bambino. Quando l'operazione fu finita, entrò la Pirria e sedette su una sedia bassa. Attrasse a sé il ragazzo, lo baciò sulla guancia con un bacio schioccante, e gli domandò con più attenzione del solito: «Come state, piccino mio?». Quando era tenera gli parlava col voi. Il padre lo guardava con attenzione, e sorrideva mentre un filo di saliva gli scendeva dagli angoli della bocca compiaciuta. In quel momento una voce nell'atrio suonò allegra, la voce del prete. Egli esitò un minuto sulla porta, si levò il cappello precipitosamente, e, tirandosi su le sottane, si mise a sedere accanto al padrone di casa. Gli batté la mano sul ginocchio dicendogli: «Come va?». Ma, veduto il ragazzo accanto a lui, lo prese sulle ginocchia e carezzandolo gli disse: «Ebbene, che cosa vogliamo fare con questa Comunione? Prima di partire dovrà pur farla». «Che? parto di già?», chiese il ragazzo con voce smarrita.

Era da un pezzo che si parlava di mandarlo al seminario a studiare per diventare prete; ed egli vi pensava sempre; ma questa mattina non si sapeva che cosa avesse, perché si mise a piangere e disse: «E i miei fratelli, il Titta e Peppino, che cosa fanno, non vengono con me?». «Oh, quelli non hanno voglia di studiare». Scese dalle ginocchia del prete e si rifugiò presso sua madre. Questo prete, il Ceràvolo, era un uomo tozzo e grasso, coi capelli grigi e uno sguardo fugace negli occhi inquieti che non posava mai a lungo in un luogo. «Non volete più andare in seminario, figliolo?», disse la madre. Il ragazzo, col singhiozzo in gola, annuì con un cenno del capo. «Perché, altrimenti, come farete a diventare vescovo?». Il ragazzo sorrise. Aprì la bocca il padre, il quale pronunziò con voce strascicata: «Del resto, se non vuole, lasciatelo stare. Noialtri non abbiamo bisogno di nulla». «Ma che si fa per il bisogno? Tra i nostri figlioli, se questo ha volontà di studiare facciamolo studiare», insorse la madre. «Tanto si sa che i suoi fratelli non sono buoni a niente, e che faranno i vagabondi tutta la vita. Almeno questo...». Camillo Mezzatesta abbassò il capo con un sorriso puerile e disse: «Questo somiglia a me. Questo è il mio figliolo». E indicava il ragazzo col dito teso.

Questa faccenda della somiglianza lo aveva sempre preoccupato di fronte alla gente. Quando era stato più piccolo, il Pretino si ricordava, le donne lo fermavano e lo guardavano, quando non gli prendevano il viso fra le mani per dire: «Questo sì somiglia a suo padre. Ma gli altri...». Questo fatto lo aveva messo sempre in una condizione di privilegio e non sapeva perché. Anche in casa, il Titta e il Peppino dormivano in una stanza e lui in un'altra, e non li vedeva se non quando si trovavano a tavola. Sua madre insorse per dire: «Che cosa volete dire con questa faccenda della somiglianza?». Era diventata pallida e fredda, come non era facile vedere. L'uomo abbassò gli occhi, e vide il ragazzo che guardava fisso ora l'uno ora l'altra. Ma brontolò: «Niente: dico che questo ha preso da me». «Va' a giocare, figliolo bello, va' a giocare», disse la madre rivolta al ragazzo. Il Pretino non se lo fece ripetere due volte e uscì come una saetta.

Appena i passi del ragazzo si sentirono in fondo alle scale, la Pirria si levò, e puntando i pugni sui fianchi si mise a dire sottovoce ma con un tono sibilante: «Bisogna finirla con questa vergogna del figlio e non figlio, della somiglianza a me o a voi. Tutto il paese ne è pieno e quei ragazzi, i figli miei, i figli vostri, vengono tutti i giorni a dirmi che i monelli li insultano come figlioli di una sgualdrina». Si tappò la bocca con la mano, violentemente, e in quell'atto era bellissima. I suoi capelli ricciuti oscillavano alla sommità del capo, come teneri serpenti, i suoi occhi splendevano, e il sentimento dei due uomini che assistevano a quella sfuriata era che ella fosse ancora mirabile. Il prete le ruppe la parola sulla bocca per dirle: «Lasciamo andare queste cose, signora Pirria. Lasciate che il paese dica. Ma per questo ragazzo che va agli studi, che entra in un istituto religioso, che deve mettersi al servizio di Dio mi pare che non si possa fare a meno di regolare seriamente la vostra posizione davanti a Dio. Come volete che vi accolgano un figlio che appare come figlio d'ignoti? E se lo accogliessero sarebbe una condanna che peserebbe su quel povero innocente per tutta la vita. Fino a che noialtri siamo qui, in questo paese, ci conosciamo, sappiamo chi siete voi, per quanto i malintenzionati e i monelli si facciano giuoco...».

«Questo paese è pieno di bastarderia, ed è tutta dovuta a questi bei campioni dei Mezzatesta». Il prete arricciò il naso a quest'uscita. Il Mezzatesta aveva levato il capo e le puntava due occhi insolitamente stupiti. Ella si mise a sedere, e si asciugava le lagrime col grembiule. «Io sono qui», disse il prete, «a consigliarvi per il bene dei vostri figli che sono vostri figli e non della strada, a chiudere questo capitolo della vostra vita irregolare e a riparare davanti a Dio l'ingiustizia caduta su questi innocenti. Essi sono vostri figli, riconosceteli, e così riparerete un peccato che può diventare un delitto». Lo sguardo riconoscente della donna lo distrasse, ed egli smise aspettando la risposta di Camillo Mezzatesta. Quello stava ad ascoltare immobile, fissando il prete come se non dicesse a lui ma parlasse dal pulpito. Ma si scosse, fece un cenno col capo, e diventando più pallido di quanto non fosse, rispose: «Io sono disposto a riconoscere per mio figliolo Andreuccio, perché lui mi appartiene. Perché è mio figlio e ci credo; ma gli altri no». Quest'uscita netta e secca, che egli pronunziò levando gli occhi con un resto di antica nobiltà, come se parlasse dall'alto di un ritratto, stupì i due ascoltatori e soprattutto la donna che mai nella sua consuetudine con quell'uomo lo aveva creduto capace di tanto. Levò gli occhi, e lo vide con la testa alta, gli occhi fiammeggianti, la mano nello sparato della giacca, nella stessa posa del ritratto di un suo antenato che si poteva ancora osservare nella stanza da pranzo. Un sentimento di dispetto e nello stesso tempo un'involontaria ammirazione, mai sentita verso quell'uomo, la smossero, mentre, sentendosi molto più in basso di quanto la

37

consuetudine con quell'uomo le aveva fatto credere, perse ogni ritegno: un diluvio di cattive parole e di espressioni oscene uscì dalla sua bocca: «Non vi vergognate, dopo avermi sedotta e portata in questa casa, dopo avermi compromessa agli occhi di tutti, dopo avermi fatto pubblicamente la vostra mantenuta, non vi vergognate di trattarmi così? Chi sono io? Infine sono la madre dei vostri figlioli, dico dei vostri figlioli». A queste parole il Mezzatesta levò il dito e voleva parlare; ma ella, temendo il peggio, levò ancora di più la voce. Alla fine, dopo una filastrocca di vituperi, ella ricorse all'ultima minaccia: «Ebbene, signor mio, se proprio non ne volete sapere, io me ne vado». L'uomo divenne pallido e piagnucoloso, cominciò a supplicarla che non se ne andasse, ché altrimenti che cosa avrebbe detto la gente? Allora la donna divenne più dolce, più mite, gli si sedette ai piedi e gli domandò graziosamente: «Siete dunque disposto a compiere il vostro dovere?». Egli si riprese, assunse l'aria straniera che aveva usato prima, e pronunziò: «Andreuccio sì, ma gli altri no. Gli altri non meritano il nome dei Mezzatesta». La donna non riusciva a rendersi conto che proprio quell'uomo che passava le giornate solo nella sua stanza, quasi senza volontà, senza nessun peso nell'amministrazione della casa, riuscisse a pronunziare quelle parole. Di scatto uscì, e fece sentire nell'altra stanza che rimuginava fra le sue robe, come chi voglia partire. Per un attimo fu un silenzio attento. Erano rimasti soli il prete e il Mezzatesta, si offrirono del tabacco e vi fu un annusare riflessivo, per qualche minuto. Poi fu il Mezzatesta a riprendere il discorso. «Ella crede che io sia interamente rimbecillito, ella crede che io non sappia nulla e non mi accorga di nulla. Io so tutto, e so di chi sono quei figlioli. Io so che soltanto Andreuccio è mio. Sono pur sempre un Mezzatesta, sono uno della mia famiglia malgrado tutto. Posso essere caduto in basso, è certo che sono caduto in basso (il prete fece un gesto come per raccattarlo); sì, sono caduto in basso, lo so; ma non per questo il mio nome deve essere buttato nel fango. Io sì, ma il nome dei Mezzatesta, no, quello no!». Aveva pronunziate queste parole con la sua calma abituale e con la sua pronunzia incerta. «Io sono debole e non posso fare a meno di quella donna; ma il mio nome, quello, quello...». Parlava con se stesso.

8

L'Argirò non se ne vedeva riescir bene una. Prima provò a coltivare il suo pezzo di terra, ma glielo rovinò il torrente. Poi si mise ad allevare un paio di maiali e glieli schiantò il morbo. Fece molti mestieri fino a quando, essendo venuti certi milanesi per i lavori delle baracche, dopo il terremoto, riuscì a impiegarsi come sorvegliante ai lavori e mise insieme un poco di denaro. Con questo pensò subito a comperare qualche cosa che gli servisse per un suo nuovo mestiere. Comperò una mula e si mise a fare servizio di trasporto fra il paese e il mare, fornendo ai bottegai le merci che comperavano negli empori della marina, e a chiunque servissero. Ora cominciava a respirare e la moglie non andava più a servire di qua e di là. Certo, le donne che una volta erano mandate a carovane per le forniture, in mancanza di bestie, si lagnavano che quella mula avesse tolto loro un mestiere.

L'Argirò fece il passo del viandante e la faccia dell'uomo che vede paesi diversi. Se ne andava cantando e dicendo proverbi, non parlava che a sentenze, e talvolta diceva pensieri rimati. Faceva tutte le mattine la strada fra il paese e il mare, venti chilometri attraverso i torrenti e i boschi che sono brutti d'inverno quando scendono improvvise le piene, e i fulmini solcano gli alberi che li aspettano alti levati; partiva alle quattro del mattino e tornava la sera alle quattro; dodici ore in cui si intratteneva coi passanti, con la gente delle casupole sparse pei campi, coi lavoratori delle vigne, coi pastori quando scendevano al piano, e di tutti sapeva come andava la vita. Si cacciava innanzi la mula che era la sua compagna vera, le faceva lunghi ragionamenti, le dava avvertenze, interpretava i suoi sentimenti, la informava delle novità. La bestia stava a sentire con quell'aria attenta delle bestie, che è la stessa di chi ascolta una lingua straniera in cui cerca di afferrare qualche parola. Si chiamava Rosa. Pochi erano i giorni dell'anno in cui non facesse questo viaggio: nelle grandi feste e quando pioveva tanto che c'era pericolo di essere portati via dalla piena. Allora sedeva sotto l'arco della porta, e guardava il paese che era tutto un torrente torbido, e la gente che girava rasente ai muri coi sacchi sulla testa per ripararsi dall'acqua, e la montagna che aveva messo anch'essa un cappuccio di nubi. Dov'era la grande vallata, e il torrente, c'era la nebbia opaca come il cielo, e il corso dei torrenti si intravedeva lucido come le vie dei fulmini nei cieli nuvolosi. Il mare si indovinava nel grande vuoto dell'orizzonte. Quando era fermo, valeva meno di qualunque uomo, lui che era abituato a vedere i risvegli lungo la strada, e come andavano i lavori, e come crescevano gli orti, e i danni del torrente giorno per giorno. Arrivava in vista del mare quando il treno passava sul ponte (ed era tutte le mattine una novità puntuale) e si piegava come un organetto alle voltate. Si lamentava, quando non poteva andar via.

Gli altri due figli, gli erano nati muti, e lui si ostinava a volerne, sperando che quello che avesse parlato dopo di loro avrebbe detto di grandi cose. Quei due, quando erano venuti, avevano articolato quasi per isbaglio le sillabe ma-ma. Poi si imbrogliarono, parve, e dicevano suoni che non si erano mai sentiti, ed era finita. Sarà stato perché era sempre stanco. La sera, quando rincasava, gli si stringeva il cuore, e le lagrime gli diventavano cocenti dentro il petto. Da tutte le case si strillava, da tutte le case si piangeva, e in casa sua silenzio, i ragazzi seduti intorno alla madre, che parlava loro con gridi inumani di tratto in tratto, facendo un urlo nella bocca messa a imbuto, che pareva la madre dei gufi. Questi ragazzi erano fuori tutto il giorno, curiosi di vedere e di sapere; si appiattavano mentre gli altri giocavano, osservando come poveri esclusi dal paradiso, e se c'era da affrontare qualche fatica, se c'era da trasportare qualche cosa, se c'era da fare per giuoco da cavalli o da asini, uscivano fuori e si mettevano carponi, contenti, pur di stare in compagnia. Oppure si appiattavano in casa, sotto la scala, ad aspettare non si sa che cosa. Le donne, che generalmente coi figli degli altri non sono buone se non per rispetto ai propri, verso questi poveretti erano tenere, e allungavano loro qualche cosuccia da mangiare, che quelli masticavano senza farsi vedere perché avevano vergogna di mostrarsi. Se arrivava qualcuno in paese essi erano là a guardare, ed entravano nelle case senza che li sentissero. Erano come le ombre, e nessuno li cacciava via, perché non potevano parlare né raccontare quello che vedevano. Era anzi un'opera di carità lasciarli nei loro nascondigli fino a che non si fossero annoiati o addormentati. Giravano in cerca di fatti osservando con occhi fissi e attenti in cui, insieme con quello che vedevano, pareva di leggere i ricordi con cui lo raffrontavano per farsene un giudizio. Ridevano strizzando l'occhio, spandendo intorno una gaiezza irragionevole e innocente come se ridesse un passerotto, cosa innaturale. Le donne dicevano: «C'è il mutolo», come se dicessero: «È entrata una farfalla». Avevano la lingua, in fondo al sorriso malizioso, come un coltello chiuso in fondo a una tasca, e pareva davvero che la balia avesse dimenticato, come dicevano, di tagliar loro il filo di carne rosa che gliela teneva imbrigliata al palato.

L'Argirò, era come se avesse fatta una scommessa. Gliene nacque uno ancora, e lui era convinto che fosse quello buono.

9

Antonello aveva preso appena sonno che sentì la voce del padre su di lui: «Guarda che la mamma ti ha fatto un fratellino». Gli pareva di sognare, e voltandosi dall'altra parte sentì un odore che lo riportava all'infanzia prima, come spesso gli accadeva durante il sonno. Poi sentì accanto a sé sul letto, fra le braccia, una forma tenera e rigida nello stesso tempo; erano le fasce in cui era costretto l'infante che non poteva muovere mani né piedi, e piangeva con la voce d'un agnellino. Si svegliò e si sentì due, come se lo avessero tratto dai suoi sogni di ieri; quel pianto parlava e diceva: «Sono tuo fratello, più piccolo di te, e tu ormai sei grande». Era azzurro in faccia, e sdentato come un vecchino; somigliava al padre, vecchio e nuovo nello stesso tempo. Ora la casa s'ingrandiva, Antonello si cacciava sulla sponda del letto per far posto al piccino, il quale pareva sapere qualche cosa di misterioso, che si lamentava di qualche cosa che nessuno riesciva a capire. Antonello gli metteva il dito nel pugno per sentirselo stringere, gli toccava le guance, e gli parve che rimanesse, dove aveva posato il dito, il segno d'una fossetta. Poi venne il padre a riprenderselo, e diceva: «Perbacco, di questo ne faremo un dottorone». Antonello domandò: «Come lo chiameremo?». «Benedetto». Questo nome divenne più piccolo e vicino, divenne conosciuto, si rivestì di fasce e di cuffie, come comprato nuovo al mercato. Il nome di Antonello parve disusato e decaduto.

Benedetto diveniva un essere privilegiato perché era nuovo, e ad Antonello pareva di esserci sempre stato. Benedetto non rispondeva alle sue domande, ma Antonello lo trattava col voi e gli parlava con molto riguardo. La mamma glielo dava in braccio e gli diceva spesso: «Tienilo per un poco e attento che non ti cada». Antonello lo sentiva divenire tutti i giorni più pesante, come se lo facesse apposta, e lo guardava piangergli in braccio in modo inconsolabile. Antonello sentiva che forse era colpa sua se piangeva. Eppure il primo sorriso glielo fece a lui un giorno, quando gli mise un dito sul mento per vezzeggiarlo, e quello rise con la bocca sdentata. Antonello se lo portava per le strade in braccio, che pesava assai. Guardava gli altri monelli giocare, e lui seduto in terra col fratellino non si poteva muovere. Certe volte tentava di giocare con Benedetto stesso, quando ne aveva troppa voglia, e faceva ancora dei giuochi da ragazzo, mentre i suoi coetanei guardavano già con attenzione le donne. Poi Benedetto cominciò a camminare, le vestine gli si gonfiavano come se volasse, e mise i primi denti col primo vero sorriso. Antonello era già grande e si vergognava dei suoi piedi nudi, troppo lunghi e magri, si metteva a sedere per non mostrare lo strappo dei pantaloni che aveva di dietro, quando passavano le ragazze. Il fratello, piccolo e cocciuto com'era, cominciò a comandare. Voleva che lo accompagnasse in chiesa dove credeva di cantare e non faceva che un'esclamazione lunga e roca. Componeva le prime parole, correttamente, senza saltare nessuna lettera. Per un poco si era dibattuto fra tutte le sillabe del mondo scomposte come per un giuoco di pazienza, poi imboccò la via giusta e venne fuori con una infinità di parole che parvero straordinarie, e rideva, forse per mostrare che capiva e che non poteva spiegarsi meglio perché era troppo piccolo.

«Perbacco!», disse il padre. «Ne voglio fare un prete predicatore, e che parli per tutta la famiglia messa insieme». Alla prima parola sconcia che gli sentì dire, il padre rise sgangheratamente come se fosse un segno certo e violento di vita. Siccome Benedetto era nato nell'età meno matura del padre, aveva in sé qualche cosa di predestinato, col suo colorito pallido e biondastro, gli occhi azzurri. Siccome aveva la memoria pronta, le donne del popolo che cantavano in chiesa lo chiamavano perché ripetesse le parole dei canti imparati. Benedetto vi andava, e le donne lo tenevano con le loro mani calde, e lo stringevano fra le ginocchia perché stesse fermo.

Antonello, ora che non aveva più a badargli, si nascondeva dietro la fratta della fontana per vedere le donne attingere acqua, ne sentiva i discorsi e gli strilli, udiva la musica del getto nell'orcio di creta. Qualche volta si affacciava, quando vedeva la Teresa, divenuta grande, coi rigonfi del corpetto sul seno, e la chiamava: «Schiavina! Schiavina!». Era divenuta bruna in faccia, come di cioccolata, e la chiamavano Schiavina di soprannome. Ella si volgeva e diceva, levando la mano per ravviarsi i capelli: «Mi avete fatto paura». «Figuratevi che bugia mi ha raccontato mio padre, perché non vi cerchi: mi ha detto che vi è andato un chicco di grano nell'orecchia, che vi è rimasto ed ha messe le radici nel cervello, e perciò siete pazza, dice. Ma io non ci credo più. Schiavina, pensate a me qualche volta?». «Via, via, io ho altro da pensare». Ma sorrideva e gli mostrava, mentre si ravviava i capelli, la palma della mano nuda coi suoi geroglifici che non gli riusciva di leggere.

Un giorno l'Argirò disse ad Antonello: «Figliolo, ho bisogno di te. Tu vedi quanto è intelligente tuo fratello, che certo diverrà, se lo facciamo studiare, un grand'uomo. Mi è venuta quest'idea, e me la sogno la notte. Se riesco a fare di lui un prete staremo bene tutti, e anche lui. Io ho pochi soldi da parte, e posso cominciare a provvedere. Ma poi questo mio mestiere non mi basterà davvero. Sono capace di indebitarmi fino ai capelli, e di lavorare il doppio. Io sono risparmiatore, lo sai, tant'è vero che non vado mai a cavallo sulla mula, ma a piedi sempre, perché così mi campa di più. Qui, in questo paese non c'è scampo per nessuno, con questi mariuoli che comandano. Bella rivincita che sarebbe per me, per noi tutti, che da casa nostra uscisse qualcuno che potesse parlare a voce alta, e li mettesse a posto. Il prete, ci vuole. Tu mi devi aiutare. Comincia a lavorare subito e a guadagnare. Che vuoi fare qui, imparare un mestiere che poi non ti serve ad altro che a farti dannare? Ho saputo che dalle parti di C... si lavora a ponti e a strade. C'è lavoro e tu ci devi andare. Prima fai il manovale, poi fai l'operaio, poi finisci sorvegliante, chi lo sa? se il Signore ti aiuta. Mi mandi la metà di quello che guadagni, e il resto te lo spendi per te. Io ci aggiungo il resto, e mettiamo insieme quello che ci vuole per mantenere Benedetto. A questa gente dobbiamo fare un dispetto che se lo ricordino per tutta la vita. Poi viene Benedetto vestito da prete, e gli devono fare l'inchino. Crepate, miserabili; zitti, prepotenti. Largo. Calcolo che verso i trentaquattro anni sarai libero di sposarti. Va bene? Ma intanto sta' attento alle donne. Non ti invischiare, non t'innamorare, altrimenti siamo perduti». Antonello non ebbe nulla da osservare. Scosse il capo dicendo di sì e di sì, non capiva bene quello che prometteva, ma gli venivano le lagrime agli occhi pensando di trovarsi ormai grande e utile, buono per lavorare; si sentì di colpo pari a suo padre, e tutti intorno gli ebbero riguardi come a un condannato. Nel suo cuore sorse un sentimento paterno verso quel ragazzo. Fuori, quando si trovò a lavorare tirando una carretta di terriccio alla costruzione di una strada, si ricordava di suo fratello, come circondato da una luce misteriosa, e scriveva raccomandando che parlasse davvero bene italiano se voleva diventare un buon predicatore. Questa cosa evidentemente lo preoccupava, e pareva che non pensasse ad altro, anche quando fu chiamato per soldato e visse nelle città. Poi trovò altro lavoro, in un paese più lontano, e si ricordava, dopo una visita a casa, di aver veduto Benedetto già grande, che si preparava a partire per il seminario, che i fratelli mutoli già gli baciavano la mano per mostrare che lo riverivano, che egli non si poteva muovere per la stanzuccia che essi, dovunque fossero seduti, si levavano per fargli posto; che certe volte, mentre mordevano un frutto si ricordavano che c'era lui e gliel'offrivano staccandoselo dalla bocca, col segno dei denti impresso nella dolce polpa.

10

Era come una scommessa. Quando Benedetto tornava a casa nei mesi d'estate, infagottato nel suo vestitino nero da prete, gli stava intorno la gente a domandargli per sperimentarlo se sapesse. Egli parlava calmo e pacato, col tono d'un adulto, e diceva cose più grandi di lui. Il padre era come ubriaco e voleva che parlasse sempre, e dicesse tutto quello che sapeva. Il fatto che il figliolo si avviasse al sacerdozio, gli dava diritto a fare delle visite di dovere quando il figliolo arrivava o ripartiva. Allora egli entrava nelle case dei Mezzatesta, e diceva semplicemente: «Siamo venuti a farvi una visita. Lui è arrivato». Allora quelli, donne e uomini, squadravano il ragazzo da capo a piedi, gli osservavano la fronte se era alta o bassa, e come parlava, e se aveva un difetto di pronunzia. Andreuccio, quello ancora soprannominato il Pretino, che alla fine non erano riusciti a mandare agli studi, perché se ne era tornato dicendo che si mangiava e si comandava meglio a casa sua, e i suoi fratelli il Titta e il Peppino, ora non facevano altro che scorrazzare per le terre del signor Camillo Mezzatesta, e vendere qualche cosa di nascosto per poi andare a spendere nei paesi della Marina. Lo stavano ad ascoltare senza poter vincere un certo imbarazzo. Benedetto diceva cose sennate, e parlava volentieri dei santi, dei loro miracoli, in modo che le donnicciole che lo sentivano si battevano il petto devotamente. Le bambine, coi loro occhi neri e bianchi, lo guardavano fisso, sedute in terra. Egli chiudeva gli occhi, sbattendo in fretta le palpebre. Una sera venne anche la Schiavina a vederlo, e gli domandò: «Come sta vostro fratello?». Il padre volle troncare subito quel discorso. L'Argirò, lo Zuccone, il disprezzato, fu tenuto in una certa considerazione, trovava anche credito. Andava lacero, raccattava dovunque quello che poteva, nei suoi viaggi attraverso gli orti della valle, si contentava di quello che gli davano e trovava modo di render utile ogni cosa; tant'è vero che a chi serviva un po' di carta o una bottiglia vuota o uno spago o un chiodo, non c'era che da ricorrere a lui che conservava tutto. Si venne a sapere in breve che anche altri contadini e pastori pensavano di mandare i figli agli studi, se l'Argirò aveva mutato già rapidamente condizione nel concetto delle persone, come se quel figlio fosse un capitale depositato in una banca.

La madre di Benedetto era tranquilla soltanto quando il figliolo era fuori. Aveva paura che uscisse di casa, che una donna lo stregasse, che gli soffiassero qualche maledetta polvere addosso, che egli vedesse le donne come erano fatte, ché ci vuol poco, nel paese, ad andare di sera per i campi. Certe ragazze di fronte a loro, avevano dormito un pomeriggio d'estate sul davanzale della finestra, che faceva impressione, e poi lo guardavano coi loro occhi bovini. L'Argirò si metteva in tasca le lettere, di nascosto, e le faceva leggere. Ecco come scriveva il figliolo:

«Caro padre, Buon Natale a voi e alla famiglia, ai fratelli, a tutti. Ho ricevuto tutto, e le scarpe anche, e non ero malato. La berretta ce l'ho e i quaderni anche, e credevo che i piccoli non li avessi e nemmeno i grandi, perché non ho visto nulla nel tavolino. E ora ci ho tutto, e non mi mandate niente più, e fornitevi voi che la sera mangiate pane e ulive per me. E io ho anche le tre sedie, e la volontà di studiare, e di appagare i vostri desideri. La posata è già al rame, e il torrone lo avreste dovuto tenere per voi. I presepi di qui sono belli. Si fingono monti facendo alture, piccole, di pietre, e coprendole con vellutelli. Fanno le strade in mezzo al vellutello, fanno il fiume finto che sembra vero e va a gittarsi in un laghetto finto, dove c'è un uomo che pesca. Fanno la grotta che sembra vera, la stalla, la fontanella e tante belle cose. La notte di Natale, che gioia, giocammo a tombola fino alle nove della sera. Io ho vinto un soldo; alle nove andammo a vestirci, e andammo in cattedrale dove si disse la Messa e a mezzanotte precisa si svelò il Bambino che era grande nella sua culla dorata. Alle due andammo a dormire e dormimmo fino alle otto. Spero sentire se Antonello lavora e se il Pretino lo passa. Ih, lavorava Antonello, sai? Ti mando un fiore, un altro al padre. E la madre e i fratelli Santo e Ciro? Egli dovrà parlare, e anche Ciro, e vorrò sapere che qualche giorno imparate a parlare. Vorrò sentire all'onomastico mio che parlano. Tutti siano occupati, e i genitori godano il frutto delle loro fatiche saporitamente. Ci ho una figura di San Benedetto. Vi bacio la mano, bacio Antonello, Ciro, Santo, le zie, lo zio, il nonno, la comare, il compare e auguro a tutti mille e duemila anni di felicità salute e pace. Il vostro Argirò Benedetto. Sancta Maria, prega per me ac familiam meam».

L'Argirò andava in giro con lettere come queste, che si gualcivano nelle sue tasche. Inoltre, per prepararsi alla venuta del figlio, si mise a frequentare la chiesa quando poteva, e la domenica cantava accanto all'organo, rinunziando al viaggio. Ma impercettibilmente nessuno lo poté più soffrire. Si trovò solo senza potersi spiegare la ragione, solo e scansato da tutti. Inutilmente cercava di attaccar discorso: lo stavano a sentire un poco, poi ci fischiettavano sopra: «sì sì», e gli voltavano le spalle. Tornò impercettibilmente a un animo fanciullesco, quando ci si vuol rendere conto di tutto quello che si vede. I suoi viaggi diventavano più lunghi perciò: con la lente che si accostava a un occhio si fermava a osservare le novità, la macchina del fotografo ambulante, il fuoco che accende lo zingaro coi due mantici, che muove alternamente con ambe le braccia, come due fisarmoniche da cui non riesce cavare neppure una nota, e gli orci del vasaio e i pesci del mercante, senza comperare mai niente, e sempre ostinatamente attento a chi incontrava e dove si fermava. Salutava tutti i forestieri che incontrava sui muli o nelle piazze perché voleva discorrere, e alla fine faceva sapere che era il padre di un ragazzo che studiava per prete; non perché lo vedessero così povero. Era come se stesse sempre vicino a quel ragazzo. Le stagioni gli tornavano alla mente e al cuore coi loro giuochi, la trottola in autunno, i giuochi alle noccioline d'inverno, i pifferi in febbraio, il giuoco degli aliossi in aprile. Le grandi stagioni dei ragazzi. Era capace di girare una giornata per trovare quell'osso della giuntura della zampa degli agnelli, con cui si giuoca dopo averlo annerito bene e lustrato. Glielo avrebbe spedito, perché giocasse. Tutto era divenuto per lui favoloso e immobile come in un'infanzia: gl'insetti dei prati, i fiori dell'anemone e dell'asfodelo, che vengono su improvvisamente in certi spiazzi dei campi a segnare le impronte della primavera che vi trascorre col passo del vento. Certe volte era preoccupato di trovarsi un flauto di oleandro, e quando veniva il tempo della smielatura poneva da parte un pezzo di cera gialla per metterlo a pallina nel piffero che faceva la voce dell'usignolo, alla sua stagione, in dicembre. Solo perché aveva quel figlio stava attento che suonasse la prima zampogna a tempo debito, quando scoppia improvvisamente come una fonte in disgelo nelle notti d'inverno, e quando i pifferi dei ragazzi suonano insieme tutti a Natale, che pare la foresta dei rosignuoli, una profonda foresta dove si accendono come luci i frutti del corbezzolo. Pensando a Benedetto, aveva fatto un altarino su un'asse con certi mozziconi di candela e un'immagine di carta. La sua casa era come un nido vuoto che si ritrova fra gli alberi, dove è chiaro il lavoro fatto ad averlo messo insieme filo per filo. Si privò di ogni piacere come per una lunga vigilia propiziatrice, attento a quel figliolo che doveva improvvisamente venir fuori a parlare con bocca nuova e a dire le cose che fanno tremare il cuore.

Decise di andarlo a trovare una primavera, senza avvertirlo, portandogli le cose che gli sarebbero piaciute. All'uso dei pastori mise tutto in una bisaccia che si portò a tracolla, e queste cose erano il suo tesoro, e non immaginava che ne esistessero fuori della sua casa e del suo paese. Tutta l'umanità che si vedeva intorno gli pareva ingannata perché non conosceva le sue pere da inverno che erano tanto tenere, e i suoi dolci duri come il sasso e che poi si sbriciolavano sotto i denti come se alla fine abbandonassero tutti i loro segreti. Egli aveva comperato anche un organetto in una fiera e lo aveva tenuto in serbo. L'organetto suonava allegro come se gli facesse piacere essere destato dalla sua inerzia; mettendovi una mano intorno come una cassa armonica faceva un suono profondo, un suono d'organo. Il metallo nichelato aveva un lieve sapore salato, i fori dell'organetto erano come una bocca larga che ride.

Dov'era la città sull'altura con gli olivi pallidi e con le rocce ferrigne? Tutto gli parve più ricco e più nuovo fuori del suo paese. Ecco un bel fiume, ecco l'acqua. Benedetto beve di certo acqua pura e fresca. Qui c'è le fontane, qui ci sono i boschi, qui c'è tutto. Beati quelli che stanno nelle città dove invecchiano tardi, perché hanno tanti piaceri. Hanno le case grandi e comperano quello che vogliono perché guadagnano. Ma non hanno le pere da inverno e i pollastri che abbiamo noi. Io vorrei sapere che cosa pensano i superiori e i compagni quando vedono la roba che gli porto io. Un giorno gliela faccio la sorpresa al direttore. Gli mando una cesta di frutta da inverno con un poco del nostro dolce. Si sentiva ricco, così. Era sera. Arrivava in piazza quando scorse una fila di ragazzi vestiti di nero, con le sottane e le fasce dei seminaristi; erano proprio loro, piccoli con le sottane nere, e in quel nero non si vedevano che gli occhi lucidi e pronti, che guardavano qua e là con occhiate fuggevoli e nostalgiche. Pareva di conoscerne i genitori, e di averli veduti curvi sulla terra, gente del popolo, pescatori e artigiani, come erano stati i primi apostoli. I cappelli erano troppo grandi, le vesti troppo lunghe, era tutto un mondo attonito e sommesso. Uno arrotolava una fascia rossa che gli pendeva dal fianco e la sventolava come una bandiera. Quando furono vicini gli parve di sentire un sussurro e un borbottìo, come un giuoco improvvisamente sospeso. Ma invece nessuno di loro parlava e non si sapeva perché sembrava che si dicessero fra di loro cose infantili e supreme. Il prete che li accompagnava apparve in fondo alla squadra, con la barba rasata nera nera, gli occhi fissi, la faccia di contadino toccato dalla grazia. L'uomo si fermò: «Se ci fosse Benedetto». Ma sì, c'era proprio lui, Benedetto, col cappello troppo grande, il colletto di celluloide che gli doveva far male, e camminava con gli altri, col viso bianco, fra tante facce brune, come un essere privilegiato. Lo chiamò: «Benedetto!», ma non lo sentirono. Allora si mise a tener dietro alla squadra che si avviava fuori della città.

Fuori, per la strada di campagna, il gruppo si sciolse, allora egli sopraggiunse di corsa e si mise a gridare: «Benedetto, Benedetto, figlio mio!». Benedetto si volse appena, lo guardò, non sorrise, in quel vestito nero che pareva lo cancellasse. «Non mi vedi, Benedetto? Sono proprio io». Il ragazzo si volse al prete che li accompagnava e disse con voce chiara e ferma, dove vibrava il tono infantile d'una volta, ma smorzato come un ricordo: «Reverendo, dica a mio padre che non posso parlargli perché siamo nel periodo della Passione di Nostro Signore, e la regola del seminario ci impone il raccoglimento e il silenzio». Il prete ripeté all'Argirò quelle parole. Benedetto guardava come di lontano. «Perbacco! Io vengo a vedere mio figlio e non gli posso neppur parlare? Mio figlio è sempre mio figlio». E si avvicinò tendendo le braccia. Ma il ragazzo tese le sue come per respingerlo dolcemente. Il prete intervenne dicendo: «Lei può ritirare suo figlio anche questa sera, se vuole. Ma fino a che lo lascia fra noi non può dispensarlo dall'osservanza delle regole. Non vede come è fervente il ragazzo?». «È fervente? Sta bene? Stai bene, Benedetto?». Ma quello non rispose. Si volse un poco con gli occhi al cielo che veniva voglia di baciarlo. «O perbacco! Sta' a vedere ora che non posso salutare mio figlio! Tu parli bene, Benedetto mio, ma io ho fatto la strada a piedi. Se tu sapessi che cosa ti ho portato parleresti. Ti ho portato le pere da inverno. E ci ho un bel pollastro. E il dolce di miele ti piace sempre? Una volta ti piaceva. E ho comperato un organetto, di quelli che costano tre lire». «Reverendo», disse Benedetto, senza rispondere al padre; «preghi mio padre di dare queste cose ai poveri, perché non posso accettarle prima di Pasqua». «Ah, corpo d'un cane!

Così mi rispondi, Benedetto? Sei diventato un santo davvero? Hai imparato a predicare anche a me che ti conosco?». La squadra dei ragazzi ora si muoveva e gli volgeva le spalle. «Quello è mio figlio, per la montagna! e sta' a vedere che ora non posso neppure parlargli. Padre mio... padre suo... datelo ai poveri... Un corno, ai poveri. Il povero sono io. È la regola. Ma che esiste regola quando uno arriva da lontano? E io che volevo uscire con lui stasera, a bere un buon bicchiere di quello buono con lui. Di quello mio, perché qui vino buono non devono saper nemmeno che sia. Che imbroglioni devono essere questi della città. Macché, sono venuto a fare la carità, se devo dare questa roba ai poveri? Io non sono pazzo».

Tornava lentamente in città. «Caspita come sono questi preti, caspita! Me lo fanno santo sul serio. Hai inteso come predicava? Reverendo, padre mio, non posso accettare, la regola, e sotto, e sopra... Quello predica come un prete vero. Ti è venuto lo scilinguagnolo, birbante. Ma dimmi almeno buona sera. Fammi sentire come dirai ai Mezzatesta: ladri e birbanti, il vostro regno è finito. Fuori di qui, altrimenti vi prendo a calci!».

Alla porta del seminario non ci fu verso di entrare. Gli dissero che prima di sabato nel pomeriggio era inutile che tentasse. Ancora sei giorni. L'unica era tornarsene indietro. Cenò in un'osteria, zitto zitto e solo solo. Disfece i suoi pacchetti, che era un peccato mangiare da solo. Non gli entrava niente in corpo, gli si era chiusa la gola, tutto gli pareva senza sapore. Diede un morso a una pera e vide che era bacata. «Ti ci metti anche tu, adesso». Si sentiva abbandonato anche da Benedetto, e si preparava a tornarsene indietro perché non voleva spendere i soldi all'albergo. C'era una luna di gelo, le finestre del seminario erano tutte chiuse, e gli pareva che una parete, dietro a cui immaginava che dormisse Benedetto, si levasse e si abbassasse come un petto gonfio, alla luce incerta di un lampione. Si mise in viaggio. Il cielo era alto alto, che se il Signore era lassù non lo vedeva neppure, sperso sulla via gialla, piccolo nella notte e nero come pezzo di legno.

Ma lo aspettava di peggio quando tornò al paese.

La moglie gli correva incontro che non poteva più parlare; poi, quando poté tirare il fiato glielo disse: avevano dato fuoco alla stalla dov'era la mula, non si sa chi, all'alba. «E la mula?». «Bruciata!». «Che il morbo bruci chi è stato». Aveva i capelli grigi sparsi su per le spalle come stoppini di un lume spento. «Questa è la rovina, questa è la fine per davvero». Chi poteva essere stato? O non era troppo facile indovinarlo? Glielo aveva detto tante volte di non menar vanto del figlio e di non gloriarsi dell'avvenire, perché l'invidia ha gli occhi e la fortuna è cieca. Signore Iddio, com'è fatta la gente! che non può vedere un po' di bene a nessuno, e anche se non hanno bisogno di nulla invidiano il pane che si mangia e le speranze che vengono su. Ella se lo immaginava chi poteva essere. Cominciò a darsi dei pugni sulla bocca come per convincersi a stare zitta, perché l'Andreuccio, il Peppino e il Titta, con quelle facce gialle, stavano seduti davanti al municipio con le sedie poggiate al muro, e dondolavano le gambe: che si dondolassero in bocca al diavolo. Sì, che si dondolassero e la madre non li riconoscesse, si dondolassero a una forca, e nessuno ce li volesse staccare. «Volete star zitta, signora mia? Ché, questa è la fine del mondo? Ché, non ci si può rifare? Soltanto chi è morto ha finito. Noialtri abbiamo la pelle dura da affilarci il rasoio». «O che vi accade, Argirò?». Il Titta aveva un sorriso canzonatorio a fior di labbra, e i fratelli gli si nascondevano dietro le spalle per non ridere. «La Rosa? La vostra Rosina?». «Che gliele spargano addosso le rosine il giorno della loro prossima morte a chi è stato». «Volete star zitta, signora moglie? Questo è il nostro destino, signor Andreuccio». «Ma voi ce li avete sempre i soldi sotto il mattone, lo giurerei. Voi non vi avvilite per tanto poco». «Che mettano sotto il mattone chi dico io». «Zitta, signora moglie. Quanto la fate lunga. È lo stesso che sputare in cielo. Chi vi dà retta? È un modo di pregare questo?». Voltando le spalle sentirono che davanti alla soglia del municipio si cantava a squarciagola.

La sera era brutta e fosca, coi segni del temporale imminente. Prometteva tant'acqua da sommergere il grano appena verde, il cielo diveniva rosso di fuoco come al mese di settembre. In questo paese anche la pioggia è nemica. O non ci si accosta per mesi o si rovescia da tutte le cateratte. Verso la notte cominciò a piovere, seguitò per più giorni come per dire all'Argirò che, anche ad avere la mula, i torrenti erano troppo grossi e non si potevano fare viaggi. Pareva che avrebbe piovuto sempre, ed egli non sentiva tanto il suo dolore, attento a guardare come un ebete le righe della pioggia come un carcerato le sbarre della sua prigione. Invece si levò il sipario delle nubi, e la terra apparve fresca, pulita, apparecchiata, che si distinguevano perfino gli stazzi in montagna. Allora si ricordò meglio del male che gli avevano fatto e gli tornò a dolere. Seduta presso la cenere del focolare, che nemmeno aveva fatto il dolce per la Pasqua, la moglie si ricordava come se la assalissero i dolori. Dopo qualche minuto di abbandono e di silenzio tetro si affacciava violentemente alla finestrella come un pettirosso che si ostina a trovare l'uscita della gabbia e gridava: «Maledizione a chi dico io. Maledizione a chi ha voluto il male di creature innocenti. Che li fascino con l'allume di rocca, che vadano mendicando per i forni, che non abbiano pace. Che la madre li vada cercando e non li riconosca». Ma al balcone della Pirria un'altra voce femminile ribatteva: «Che ricaschino le maledizioni su quella brutta bocca». Era la Pirria che si scansava come da un fulmine. Allora la moglie dell'Argirò si buttava in terra, e gridava: «Ecco, bacio in terra, bacio in terra. Ho colpito giusto, donnaccia, che ti conoscono tutte le fratte delle campagne, che ti conoscono le stalle». La Pirria, senza più ritegno, saltò sul balcone coi capelli in mano e il pettine brandito: «Guardate queste straccione che audacia si pigliano. Ma la pagheranno cara». Allora si videro i figli del signor Camillo Mezzatesta con l'Andreuccio alla testa che giravano per la piazza simulando i funerali della mula, e uno contraffaceva l'Argirò piangente. L'Argirò li vedeva aggirarsi, senza capire, e si lamentava soltanto: «Ohi, ohi, che male m'hanno fatto! Che cattiveria è questa degli uomini!». «Ma non la vinceranno!», si affacciava inviperita la moglie. «Così vi voglio in processione il giorno del mio trionfo. Ora sono io che mi vanto. Io ho fatto figli che si ridono di queste cose. Figli che sanno stare al mondo e che sono forti e duri. Questa pancia li ha fatti, questa pancia!». E si batteva violentemente sulla pancia ingrossata da una lunga maternità, e pareva battesse un albero carico da cui saltasse fuori da un istante all'altro un esercito di figli inferocito. «Io sono capace di andarmi a guadagnare il pane traghettando sulle spalle gente per due soldi, al torrente. Come un'asina. Ma non la vinceranno, quanto è vero Dio. Devono baciare la terra dove sono passata».

Antonello fu informato che il padre non avrebbe potuto per un pezzo provvedere al figliolo: che si stringesse la cintola di un buco ancora, e resistesse se non voleva far ridere i nemici. Poi il padre avrebbe guadagnato anche lui. Per ora si era messo a fare il corriere a piedi, andando da paese a paese, in mancanza di meglio. Antonello rispose che avrebbe fatto quello che poteva, e intanto gli mandava tutto il guadagno dell'ultima settimana. Si raccomandava soltanto che, se potevano, gli mandassero, quando facevano il pane, un poco di quel pane impastato dalla mamma, che è tanto buono. Poi le notizie di lui si fecero più scarse, poi un giorno comparve a piedi in paese. Lo riconobbero e cominciarono a ronzare in piazza.

Egli entrò in casa che nessuno lo aspettava.

«Sei tu, figliolo? Mi hai fatto paura. Che ti succede?». Era pallido, emaciato, e si reggeva appena. «Perdonatemi, padre, perdonatemi, madre, perdonatemi tutti perché sono innocente. Del resto, mi vedete?». Aprì le braccia sul petto scarno. «Non posso vivere più come vivo e non resisto». Volle bere nell'orcio e disse: «Com'è buona, quest'acqua!». Ora gli sembrava di sentirsi meglio e che avrebbe potuto resistere ancora lontano. «Mi hanno licenziato perché non potevo lavorare abbastanza. Non resistevo e stavo sempre malato. Io lo sapevo che cos'era: debolezza. Sono tanti anni che faccio questa vita. Come può campare di pane solo uno che lavora?». I ragazzi muti gli stavano attorno. Poi venne la cena. La madre

54

diede anche a lui una fetta di pane, e una manciata di fichi secchi più grossa delle altre. Stavano seduti intorno al focolare freddo e si sentiva come masticavano. Poi, raccattando le molliche fra le pieghe della giacca, l'Antonello disse: «Come è buono il pane nostro».

Sentivano il giorno crescere e scemare, pensando ognuno in silenzio la vita passata e cercando una strada nell'avvenire. Poi una voce chiamò l'Argirò dietro la porta, una voce di donna che pareva quella d'un angelo venuto improvvisamente a portare un consiglio.

12

Era una persona che non si era mai fatta vedere là dentro: la Schiavina.

«Ma tu non sei a servizio dell'Andreuccio?». «Lo ero, lo ero, comare mia. Lasciatemi dire, e datemi da bere un sorso d'acqua, per l'amor di Dio. Sono da un pezzo abbandonata in una baracca fuori del paese e nessuno mi guarda dacché ho lasciata quella casa. Figuratevi che non avevo la forza né il coraggio di andarmi ad attingere un orcio d'acqua. Volevo morire. Ma poi, lo sapete come succede, uno si pente e si difende. Che gente cattiva che c'è al mondo, e come il mondo cambia. Qualche cosa ha da succedere di certo, perché così è troppo, troppo anche per dei lupi. Mi guardate? Non mi si riconosce più, non è vero? Ah, benedetti voi che mi avete dissetata, e avete fatta quest'opera di carità. E ne ho trasportata di acqua fresca nella mia vita!».

Poi si mise a raccontare.

— Sì. Ella si era messa coll'Andreuccio, o il Pretino, come lo chiamavano. Prima come serva, poi, in una casa vicino al mulino, dove vivevano insieme. Lei era orfana, fra mille tentazioni, e ci era cascata. Era il meno peggio, e poi gli voleva bene. Qualche volta la picchiava, ma lo sapevano che lui era manesco, e gli uomini certe volte manifestano in questo modo il loro amore. Certe volte la prendeva per i capelli e tirava, certe volte la graffiava. Che ci volete fare? Quando uno vuol bene. Poi usciva, inforcava il suo cavallo grigio e si metteva a vagare di qua e di là, come se avesse sette spiriti in corpo. Da quando aveva fatto il soldato e aveva vissuto nelle città era divenuto così strambo. Portava quel gran cappello nero e tondo e sembrava bello. Ma anche lei era stata bella. Non la dovevano guardare questa sera. Del resto se la ricordavano. Lei si metteva a cercarlo di qua e di là, domandando alle donne che passavano se lo avessero veduto, perché aveva paura che commettesse qualche cattiveria e magari ne buscasse. Si metteva a correre per i prati e per i boschi, guardando dappertutto se scorgesse la gran tesa del cappello nero. Ma nessuno le rispondeva e le valli e i boschi si prendevano giuoco di lei fingendo le apparenze di lui, e certe volte i corvi dietro le fratte simulavano il suo cappello nero. Era innamorata. (Diceva la parola innamorata con un vago accento buffo, come una parola più forte di lei, e che le avesse fatto del male.) Si metteva a frugare fra gli oleandri del torrente, convinta di scoprirlo come lo scoprì una volta con una donna e si presero per i capelli. No, non era fedele. Ella spiava anche le donne che si avvicinavano al mulino col carico di grano, e certe volte si voleva accertare che non fosse una finta per poter incontrare Andreuccio. Non capiva nulla, e la vita le pareva piena di tradimenti, di appuntamenti segreti, di cose che non capiva. E così le apparivano le fratte e le piante quando agitano le cime come se qualcuno fosse là dentro. Le farfalle si rincorrevano di qua e di là e le sembravano ambasciatrici di qualche appuntamento segreto. Quando lei passava, le donne la fissavano coi loro occhi lucidi e immobili e dicevano parole di fuoco. Allora ella si metteva ad inveire e domandava che stessero a fare là e che cosa aspettassero. Certo che anche lei era pazza, perché aveva fatto cose da favole, e peccati. Ma lo faceva perché egli le aveva raccontato di cose che aveva vedute o lette in città. Lo amava. Davanti alla casa c'era un boschetto folto di rose ed essi vi si rincorrevano quando c'era la luna. E poi cercavano i luoghi selvatici dove c'erano piante strane di fiori grossi che sembravano avvelenate, cose d'un altro regno. Li conoscevano insieme, specialmente a primavera, quando certi spiazzi segreti fioriscono e nessuno lo sa. Egli guardava come un padrone lei che per piacergli si metteva a ballare sopra quei fiori, e diceva che gli pareva di essere in un libro. E poi c'erano le ombre blu dei boschi, le fonti segrete dove nessuno beve, che nascono diverse ad ogni estate, e gli occhi lascivi delle capre, e quelli attoniti dei buoi, e tutto il mondo animale che guardava come se fosse abituato alle apparizioni misteriose e agli spettacoli che nessun sogno riusciva a fingere. La notte calava come una lunga dimenticanza, ma lei si svegliava talvolta all'improvviso per vedere se lui c'era ancora. Che non si fa quando si è innamorati? Ella si presentava a lui nelle albe nuove coi fiori infilati nei capelli, perché queste commedie gli piacevano. Egli parlava delle donne conosciute altrove, ed ella stava ad ascoltare perché voleva imitarle.

Poi cominciò a trattarla peggio, e nei momenti di furore più frequenti le diceva: «La mia sorte vuole che io sia l'ultimo degli uomini, mentre volevo essere il primo di tutti e il migliore. Tutti si danno da fare, e io chi sono? Un vagabondo, il figlio di una donna come la Pirria e non mi chiamo neppure Mezzatesta, ma mi hanno messo nome Belfiore, un nome inventato. E tutti mi canzonano, lo so, anche se non me lo dicono in faccia».

La sera prima che vi fosse l'incendio della stalla dell'Argirò, si presentò l'Andreuccio in casa del signor Camillo, scortato dai suoi due fratelli, il Titta e il Peppino, che tutti sanno che vagabondi siano e che gente da discordia. «Voi non ci volete riconoscere tutti e tre per vostri figli? Non uno solo, ma tutti e tre, diciamo, perché siamo figli della stessa madre. Oramai siamo grandi e dobbiamo pensare alla nostra vita. In paese tutti salgono e noi scendiamo, tutti fanno qualche cosa e noi non facciamo nulla. Chi torna coi soldi dall'America, chi studia, chi si trova un mestiere. Sono finiti i tempi d'una volta, e fra poco, se non stiamo attenti, siamo lo zimbello di tutti. Volete riconoscere soltanto Andreuccio? Nossignore, tutti e tre. E a tutti e tre una parte della terra e delle proprietà. A ognuno quello che gli tocca. Decidetevi e finitela una buona volta». Ma il vecchio, duro, e questa volta era alleata di lui anche la Pirria. Quelli tirarono fuori le rivoltelle, legarono il vecchio alla tavola, fino a che disse di sì, che avrebbe fatto quello che dicevano loro. «Ve ne approfittate perché sono vecchio. Ma il nome dei Mezzatesta...». Voi lo sapete che l'aveva sempre con quel benedetto nome dei Mezzatesta. Alla fine chiamarono il segretario del comune, furono fatte le carte di legittimazione dei figli, e davanti al notaio furono spartiti i beni. Ma in quel punto saltò fuori il Lisca il quale chiese alla Pirria la restituzione dei denari che le prestava da anni, o in cambio la terra del mulino e il mulino. E che ne aveva fatto la Pirria di quei soldi? Chi li aveva mai veduti? Il Lisca voleva essere pagato, perché li aveva prestati alla signora Mezzatesta. Il signor Camillo, con la sua solita voce strascicata disse: «Piano, la Pirria non è mia moglie e non lo sarà mai». Per chetare il Lisca, gli diedero quella povera innocente della Saveria per moglie, che lui voleva da tanto tempo, da quando era rimasto vedovo, e la poverina piangeva da spaccare il cuore. Ma quando i patti furono conclusi, i tre fratelli divennero tre diavoli dannati. «Ah, sì, finalmente ci avete fatto le carte! Ora comandiamo noi. Via, signor Camillo Mezzatesta, nel covile, fra i porci». «Mi cacciate da casa mia?». «Vi cacciamo dal vostro palazzo. Via, nel porcile. E anche tu, Pirria, ringraziaci se ci dimentichiamo di te». Erano proprio tre diavoli dannati. Il signor Camillo fu davvero cacciato nel porcile e soltanto l'anima benedetta della Saveria lo ha tolto fuori e se lo tiene in casa, e leticano tutti i giorni, perché il Lisca non vuole che mangi a tavola con loro. Il signor Camillo, quello che, una volta, quando passava tremavano tutti! Ma non è il peggiore, ed è più stupido che cattivo. Il suo solo torto è di aver voluto bene a quella donna e di non averne potuto fare a meno. Ma lei una casuccia se la è tenuta da parte in piazza, e vi si è rifugiata e grida tutto il giorno. Ecco come cominciavano loro; dando fuoco alla vostra stalla. Il signor Filippo Mezzatesta, quello grosso, quando lo seppe, si stava spaccando dal gran ridere. «Ora vedremo che farà lo Zuccone», ha detto.

Ma anche me la sorte ha voluto punire. La Pirria, messa fuori in quel modo, venne giù al giardino, e strappandosi i capelli, disse al figlio: «Tu non mi dai più pace, ma ora ti levo la tua. Anche la Schiavina, la tua amante, è figlia mia. L'ho fatta col mulattiere che morì cinque anni fa, lo Stanga. Ora sposatela la tua sorellastra». Io volevo morire e mi buttai ai piedi di Andreuccio dicendogli che mi finisse. Mi disse soltanto: «Va', e non ti far più vedere» —.

La Schiavina sbocconcellava un pezzo di pane, e piangeva silenziosamente, e le lagrime le facevano salato quel pane.

13

Era una notte senza luna, con un debole lume di stelle, piena tuttavia di rumori, di passi, di canti lontani. Le porte si erano chiuse, all'ultimo barlume di luce, e qualcuno stava alla finestra, nel buio, a respirare il fresco che scendeva dai monti. O forse era soltanto l'orcio dell'acqua, che prendeva il sereno della notte. Ed ecco che in quel buio si levò una voce, alta e potente, che veniva dalla cima del colle soprastante il paese. Arrivava distinta come quella del banditore, scendeva a larghe spirali su quel buio d'uomini, e le parole ben sillabate si ricongiungevano in un senso meraviglioso.

«O gente!», diceva quella voce: «O voi tutti che siete poveri, che soffrite e che vi arrabbiate a vivere! È arrivato il giorno in cui avrete qualche poco d'allegria. Le vostre miserie le dimenticherete, perché sta arrivando il carnevale, sebbene d'estate. Ve lo dico io! Fra poco ci sarà abbondanza e allegria per tutti. Fra poco i vostri padroni vi verranno a pregare fra poco starete allegri. Riderete. Evviva l'allegria!».

La voce si tacque, qualche finestra che si era aperta per intendere meglio si chiuse forte. Quella voce non la riconosceva nessuno, e quel bando era qualcosa di soprannaturale e di mai ascoltato. Qualcuno s'ingegnava di riconoscere quella voce, ma senza riuscirvi. Qualcuno credette forse a un miracolo.

14

La mattina seguente un bosco di Filippo Mezzatesta prese fuoco. L'alba aveva sgomberata la montagna dei vapori notturni, ma una bruma bassa rimaneva come un velo caduto. Poi si vide un luccicore nel sole, come fa il fuoco nella luce, o come quello che con gli occhiali da presbite alcuni accendevano nel tabacco della pipa. Poi un alito pesante e arso che si mescolava al calore del solleone. Il Mezzatesta uscì sulla terrazza a guardare. Gli portarono una sedia, e si mise a osservare come andava il fumo greve, spostato appena da qualche alito di vento, come se fosse troppo denso. Poggiava i pugni grossi sul davanzale e gridava a chiunque passasse: «Aiuto, non lo vedete che brucia lassù? Quello è il bosco mio, il bosco di Zefiria. Perché non correte a spegnere?». «La vostra signoria parla con me?», rispondeva qualcuno e seguitava per la sua strada. «Gente maledetta da Dio, perché nessuno corre ad aiutare? Olà, servi, correte a cercare gente. Io pago, pago molto!». Ma nessuno gli dava retta e i servi più che girare come asini pel paese non potevano fare. Gli sembrava che il paese intero gli volgesse le spalle, e avesse piacere a vederlo disperarsi, enorme sulla terrazza dove non appariva mai e a predicare come da un pulpito. Una fila di ragazzi e di donne non perdevano uno solo dei suoi atti e delle sue parole, ed egli irritato cominciò a tirare in basso certi calcinacci che aveva staccato dal parapetto della terrazza. Guardava i progressi del fuoco, come andava sicuro, e con ordine, che pareva ragionasse; come si accendeva e come sostava, come si alimentava, come superava le barriere dopo essersi raccolto prima del salto, e come gli rispondevano subito gli alberi più lontani prendendo fuoco subitamente, quasi che si rallegrassero e si incendiassero soltanto al pensiero dell'approssimarsi della fiamma. Alla sera il fuoco aveva sbarrato tutto il crinale del monte. Ci volevano non meno di cinquanta persone a tentare di fermare quell'ira di Dio. Lui protestava che avrebbe pagato. Ma gli rispondevano: «Poteva pagare prima». «E che cosa faccio io per i pascoli quest'anno?

E che do da mangiare alle bestie? O fuoco che mi brucia, o danno che mi rovina!». I pastori arrivarono dicendo che avevano potuto salvare il bestiame portandolo dall'altro versante, che inutilmente si erano opposti al fuoco e che la montagna ardeva come un braciere. Egli, afferrato al parapetto della terrazza, ad ogni lembo di terra che il fuoco invadeva, gridava come se la vedesse sprofondare. Sul crinale del monte i ragazzi videro crollare la processione d'alberi che si staccavano nel cielo e intorno a cui avevano fantasticato come di giganti.

Il signor Filippo uscì, seguìto da pochi servi e pastori, si fece issare su un mulo, prese la via del bosco. «Lo spengo io! E me ne ricorderò di quelli che non mi hanno voluto dare aiuto». Ma a mezza costa il mulo non poté più proseguire, ed egli, in testa ai suoi uomini, affrontò la salita. Si sentiva l'imminenza delle fiamme come un alito stranamente odoroso. Le foglie degli alberi più lontani si accartocciavano e si mettevano a tremare come creature. Più lontano, tra la foschia del fumo, splendevano verdi e abbaglianti alcune querce come in un teatro, ma improvvisamente avvampavano con uno strepito di fuoco d'artifizio. I pastori, coi piedi e le mani e il viso coperti di stracci, fra cui solo gli occhi si aprivano un varco, fecero a colpi d'accetta certe grandi scope di rami verdissimi e cominciarono a battere il fuoco come si batte il grano, cercando di soffocare le fiamme più vicine. Era notte ma ci si vedeva come davanti a un forno. Si sentivano lontani i muggiti e i belati degli armenti in fuga, e fra il crepitio delle fiamme che era come un gran vento impetuoso, le voci dei pastori che gridavano parole incomprensibili. Nuovi rami verdi sostituivano quelli con cui si picchiava il fuoco e che a loro volta minacciavano di incendiarsi, ma i lentischi là in mezzo e i pinastri sembravano segnare punto e daccapo aggiungendo le fiamme loro veloci a tutte le difficoltà del fuoco, come colate d'olio bollente. La notte era lunga, e il calore accumulato nel giorno faceva correre per l'orizzonte lunghi lampi. Una voce si avvicinò distintamente e disse: «Duecento pecore sono precipitate in un burrone. Qualcuno ci si è parato davanti e le ha

61

spaventate». Ora pareva di vedere quell'individuo agitarsi tra le fiamme con un forcone, saltare come una salamandra. Era invece il signor Filippo che gridava aiuto, e si era spinto troppo avanti.

La Pirria sembrava essersi messa in festa. Aveva cominciata la giornata cicalando con le donne, e invitando le più povere a venirsi a prendere le brode del giorno avanti per i maiali, e le scorze di fichidindia. «Oggi è la festa mia», diceva. Dopo mezzodì alcune persone con un tamburello e la zampogna si misero a suonare sulla piazza, e ballavano. La Pirria si godeva lo spettacolo dalla finestra. Da una finestra all'altra le donnicciole si domandavano che festa fosse, che non ne avevano mai sentito parlare. Ma nessuno lo sapeva. Non si sa come, rotolò in mezzo alla piazza un barilotto di vino e correvano i bicchieri da mano a mano. La Pirria verso sera accese il lume a petrolio e lo espose alla finestra, e a quel chiarore la gente si era data convegno, cantando e cicalando. «Non li vedete i fuochi? È la festa della montagna». Nella casa del signor Filippo le finestre erano chiuse e senza lume. Solo di quando in quando una testa si affacciava a spiare e la finestra si chiudeva frettolosamente come davanti alla tempesta. La voce di quello che succedeva in montagna si propagava rapidamente, e le donne se lo gridavano a squarciagola. Capre e buoi del signor Filippo non esistevano più, arrivavano perfino i mercanti da fuori a chiedere se c'era da comperare bestie morte. Segno che la fama era andata molto lontano. Poi altri mercanti scesero dalla montagna menando davanti a sé certe bestie, e a chi domandava dove le avessero comperate rispondevano che gliele aveva vendute un giovane lassù. «Avete capito che cosa ci aveva?», strillava la Pirria. «Cinquecento pecore, duecento buoi, e settantacinque porci. Avete capito?».

Ad aumentare la gazzarra apparve qualche cosa di soprannaturale, un uomo che pochi riconobbero per l'Antonello. Passando fra quella turba magna, su un mulo, buttava di sella certi carichi sanguinolenti: «Ecco, gente, di che sfamarvi. Ecco qui carne di vitella e di pecora fresca macellata. C'è da mangiare per tutti. Riempitevi la pancia per quello che avete digiunato». Buttò quella roba in mezzo alla folla e sparì. Una voce là in mezzo gridò: «Anche le bestie del signor Camillo Mezzatesta sono sparite». Alla scena della gazzarra succedette un'apparizione di donne coi capelli sciolti, mogli di pastori, che si schierarono davanti alla chiesa facendo gran lamento. Si strappavano i capelli, mentre la gente si rintanava nelle case, e la Pirria ritirava rapidamente il lume, ma non senza gridare: «Ah, gioia mia!». Ma alcune di quelle si ricomponevano e si staccavano da quel quadro, perché un pastore venne a tranquillare le mogli dei piccoli mandriani, che non erano stati toccati: «Soltanto i grossi, si sa; il fulmine sceglie sempre le grandi altezze».

Immane, al lume di una fiaccola di resina, apparve il signor Filippo. La piazza era stata sgombrata, e vi si aggiravano soltanto Andreuccio e il Titta che inforcavano i loro cavalli per raggiungere la montagna e far giustizia dei malfattori. Si gridò: «Fate attenzione». Uno reggeva la fiaccola sul capo del signor Filippo, nero, tutto a brandelli, mentre qualcuno gli strofinava il viso e le mani con una pezza intinta d'olio. Aveva due righe di sangue sul viso. «Attenti a non urtarlo, scansatevi. Non lo vedete che ha perduto gli occhi?».

15

L'Antonello stava nella sua capanna di felci e di canne a mezzacosta dell'Aspromonte. Col fucile in ispalla girava come un guardiano, all'erta che non arrivasse qualcuno. La capanna era costruita su quattro alberi grossi, su due piani, e al pianterreno aveva un posto per le riserve. Qui belavano chiusi i montoni, e i buoi, che facevano un gran concerto. Qualcuno passava al largo, ma egli lo chiamava con un cenno, e posava il fucile in segno di pace. Voleva che, se andava al paese, portasse qualche piccolo regalo ai suoi amici; compensava lautamente. Metteva nella bisaccia del passante agnelli vivi e coscie di manzo. Si ricordava dei più poveri del paese, con la memoria dell'infanzia. Si ricordava dell'Agata cieca, quella che andava mendicando, e le mandava un agnellino. Si ricordava di tutti. Gli davano anche le notizie. Il signor Filippo era rovinato, rovinati i tre eredi del signor Camillo Mezzatesta. Erano arrivati la notte i carabinieri e si sarebbero messi alla ricerca degl'incendiari. Credevano che fosse una banda, e l'Andreuccio e il Titta la andavano cercando. Egli sorrideva orgogliosamente. Intanto era tornato suo fratello, Benedetto, che non poteva più pagare al seminario, e rimaneva vestito da prete. Era un santo, predicava la pace, viveva di pane ed acqua, e le donne lo seguivano e gli baciavano l'orlo della veste. Giovane com'era, dava già buoni consigli alla gente che ne chiedeva, e scriveva le lettere per tutti. «E portate», diceva l'Antonello, «questi pochi denari alla Schiavina, con questo agnellino. La conoscete la Schiavina? E questo maialino che lo allevi per il carnevale, alla mia salute. E questi denari a lui, a mio fratello Benedetto, che potrà così tornare a studiare. E che mi perdoni e preghi per me». Ora si diceva, nelle leggende che si spargevano sul conto suo, da quelli stessi che lo avevano veduto, che stava su un cumulo di carne macellata e che con un focone davanti alla sua capanna faceva arrostire quarti di bue e bocconi buoni. Egli emanava decreti, e mandò a dire ai piccoli mandriani che potevano star tranquilli, ché lui non ce l'aveva con loro. Si affacciarono dunque le pecore a brucare le erbe sui precipizi, ed egli le sentiva scampanellare e belare, col cuor pieno, come se le avesse create lui. Aspettava la sua sorte. Quando vide i berretti dei carabinieri, e i moschetti puntati su di lui di dietro agli alberi, buttò il fucile e andò loro incontro.

«Finalmente», disse, «potrò parlare con la Giustizia. Ché ci è voluto per poterla incontrare e dirle il fatto mio!».

La pigiatrice d'uva

Pareva che il tempo si volesse tenere. L'afa era ancora pesante, il cielo velato di vapori, le cicale arrabbiate; a oriente, dove il cielo era più sgombro, qualche fiocco di nuvole era spiaccicato come una pennellata. La pioggia doveva essere assai lontana, e si cominciò la vendemmia. Nelle vigne popolate di vespe e di calabroni i grappoli appena punti si disfacevano. Un odore denso era dappertutto, e i pampini erano gelosi come vesti. I grappoli appiattati nell'ombra divenivano misteriosi come tutti gli esseri umani che si affacciano alla vita, i bianchi parevano di cera e carnali, come le forme delle dita, o dei capezzoli delle capre, i neri serrati e ricciuti come la testa di qualche ragazza. Le donne si sparsero pel campo con le loro ceste sul capo, e si adagiavano sotto le viti, come in una stanza segreta piena d'inquiete suggestioni. Le dita si appiccicavano legate dai succhi e dalle ragnatele. Nell'aria ancora squillante per il fresco notturno s'intonavano canzoni cui si rispondeva da vite a vite, e i peri e i peschi buttavano giù con un tonfo qualche frutto troppo maturo. L'aria stessa era una matassa di odori vischiosi, all'ombra delle piante. Poi il giorno ingrandiva, il sole bucava e infocava il cielo disperdendone i vapori, e tutto era chiaro e nudo, meno la nota degli aranci che rimanevano appartati nell'orto sognando le chiare notti dell'inverno. Le vespe e le farfalle messe in sospetto volavano più alte, e qualche canto era interrotto da un grido pungente. Verso mezzogiorno il palmento si empì d'uva e fu il primo convegno delle vespe che salivano stordite alla superficie dei grappoli. L'aria era divenuta di miele, e l'aroma delle piante bruciate dal sole si mescolava a quello dolce e inebriante delle uve che non riuscivano più a contenere i succhi e che si disfacevano un grappolo sull'altro, nel reciproco peso.

Mezzogiorno era alto, il sole era un buco lucido nel cielo opaco, la voce delle cicale saliva di tono, si portava in alto tutte le voci dei campi, e, tutta la terra, gridando come un mare, era colma d'un silenzio assordante. I vendemmiatori si riunirono all'ombra d'un pesco brandendo la bottiglia di vino vecchio che si passavano a turno come se suonassero la trombetta della follia. Poi una giovane saltò su, una giovane coi capelli castani striati di biondo, con un viso camuso e ridente. Si guardò intorno, mentre il padrone della vigna allegro e in maniche di camicia apriva le braccia in una specie d'invito al ballo. Da lei si staccarono due ragazzi che si diedero a inseguirsi per l'orto, tra i pomodori rossi e le melanzane turchine, le fiammelle dei peperoni, e le zucche sdraiate tutto ventre. Avevano i pugni pieni d'uva e i mostacci violetti di mosto. Sembrava che la donna li avesse messi al mondo in quell'istante di lucida follia, mentre il vino vecchio rideva pallido nella bottiglia, e quello nuovo nasceva come un ruscello torbido dal seno di quella montagna d'uve. La donna era scalza. Sollevò le vesti fino al ginocchio, e reggendosele con le due mani protese tentò di scavalcare il muricciolo del palmento; ma invece incespicò e stava per cadere, quando un uomo coi pantaloni rimboccati fino al ginocchio la sostenne e per un attimo la tenne fra le braccia ridendo sotto il naso aquilino. Ella fu finalmente nel palmento e affondò il piede fra i grappoli, che fecero un vago rumore di cosa segreta. Sotto il suo passo si sfranse un grappolo nero e greve, mille grappoli la circondarono come una schiuma di un mare rosso e le dipinsero una graziosa scarpetta sulla pelle bruna. Affondava lentamente fino al ginocchio e arrossiva tutta. Cominciò lievemente a muovere i passi e a pestare l'uva. Al disopra delle ginocchia le sue vene azzurre s'inseguivano come freschi ruscelli. Abbassò gli occhi impercettibilmente per vedere; poi, con un moto che pareva di danza, si andava snodando la treccia che le pesava sulla testa. Vi pose sopra un fazzoletto rosso per difendersi dal sole, e in certi angoli delle sue spalle si addensarono ombre azzurre. I vendemmiatori dopo averla osservata come in un momento pericoloso, si sparsero di nuovo pei campi, mentre ella affondava nel rosso elemento come una disperata. Il caldo e i vapori del mosto la stordivano, e i suoi occhi non avevano più sguardo.

La caldaia che doveva ricevere il mosto presso il palmento si mise a ribollire: il liquido scendeva come da una ferita troppo larga, e un uomo si mise ad attingervi carponi con una misura di latta, e versarlo nei barili. Il liquido voleva scappare da tutte le parti, già viaggiava nella fantasia degli uomini, empiva facilmente i barili, mentre i muli che dovevano trasportarlo scalpitavano inquieti. L'uomo era divenuto fosco, e guardava la donna di sotto in su come se la vedesse la prima volta. Ella scorgeva tra foglia e foglia gli uomini al lavoro, e si riparava dall'arsura nelle loro occhiate nei verdi segreti fra vite e vite. Le sembrava di levarsi impazzita e di correre per tutto il colle, per il piano lontano dove le cavalcature e gli armenti mettevano il suono dei loro campani accanto al luccichio delle pietre aride del torrente. Ella non si tergeva neppure il sudore che di quando in quando le diveniva fresco come una pioggia di rugiada. Aveva le mani grondanti mosto. L'uomo si volse per dirle: «Vuoi che ti asciughi il sudore?». «Non voglio», ella rispose con una voce cattiva. «Perché mi rispondi così?». Ella ora rideva senza ragione, come se lo sforzo di pestare l'uva la stancasse piacevolmente. L'uomo, curvo sulla caldaia, mostrava la sua pelle scura e vellosa fra le lacerature del vestito. Con la testa china sul mosto soffocante, cominciò a dire con una voce da ubriaco: «Io ti ucciderò, un giorno, ti ucciderò». «Non lo saprai fare». «Lo vedrai». «Perché non lo fai adesso?». «Ora devi finire il tuo lavoro». «Per questo? Fallo se hai coraggio». «Tu mi dovrai chiedere perdono in ginocchio, prima, e poi...». «Se tu avessi questo coraggio io non ti tradirei». Diceva così, e muoveva le gambe in un ritmo continuo e uguale come chi debba ballare per scommessa. L'uomo si levò in ginocchio presso la caldaia, mentre il mosto nei barili schiumava attraverso i tappi fatti con foglie di vite. Ella aggiungeva con la sua voce più aspra: «Io sono stata di chi mi piace, e tu non mi piaci! Ecco: vedi che non sei buono a uccidermi? Tu lo sai e stai zitto. Tu non mi farai mai nulla. E allora io faccio quello che mi piace». All'ombra del fazzoletto rosso le sue labbra si muovevano con uno straordinario rilievo, come quelle eterne e inflessibili delle statue. «Scendi giù», le disse l'uomo. «Se vuoi uccidermi, puoi farlo qui».

La rabbia delle cicale assalì il sonno pesante del pomeriggio, e pareva che un torrente di suoni si versasse sulla terra dai cieli aperti. Le ombre dei monti e degli alberi giravano come le lancette degli orologi, e le vigne lontane avevano assunto da un'ora all'altra quell'aspetto spoglio delle vendemmie, quando le viti annunziavano di lontano di essere sgravate dal loro peso. La donna si agitava ora su un cumulo di vinacce torbide, e come un mondo di lubrici insetti esse le si attaccavano alle gambe.

Una lunga armonia scrosciante si levò dall'attiguo campo di lupini che rumoreggiavano secchi nel loro guscio con la voce di mille raganelle, mentre qualcuno le traversava di corsa. Un uomo a cavallo spuntò, si avvicinò ingrandendo a vista d'occhio come sotto un binocolo, un giovane trafelato e felice precipitò di sella, correva verso il palmento, lo raggiungeva, vi si fermava davanti; i suoi occhi si ficcavano fra l'uva mentre il filo del mosto si assottigliava scendendo a trivello nella caldaia. Sembrava che il giovane si meravigliasse di trovarsi tanto alto in confronto del palmento, e, affacciandosi con la cautela con cui si scruta il fondo di un pozzo, fosse deluso di vederlo molto più piccolo di come se lo immaginava. La donna si tolse il fazzoletto dal capo, si legò i capelli di nuovo sulla testa, si asciugò il sudore, e sentì come un odore di foresta selvaggia intorno. Sedette sul muricciolo del palmento, le dita dei piedi le spuntavano fra le vinacce ed ella ve le nascose subito di nuovo come sotto una coltre.

L'uomo curvo a imbottare mosto, col viso quasi tuffato nel liquido come se vi fosse rimasto soffocato, si volse appena. Gli occhi di lei si posarono su quell'uomo buttato in terra, e videro il suo calcagno magro di camminatore, e la nuca, sotto il cappello di paglia, magra e rientrante e cerea al confronto dei capelli neri come la pece. Il giovane sopraggiunto si curvò sulla caldaia a guardare il mosto come un mare perfidissimo. «Chi siete?», gli fece l'uomo diffidente. «Il figlio del padrone; non mi riconosci?». Prese il mosto fra le mani giunte e vi bevve avidamente. «Che bellezza, dopo tanti anni che non vedevo la vendemmia! Tutto mi pareva tanto più grande, ma è bello lo stesso». L'uomo seguitava a imbottare senza guardare più. La donna, come per coprire il silenzio ostile, disse al suo uomo: «Mi fai bere?». Egli le porse la misura di latta senza dir parola. Ella beveva guardando il giovane accanto a lei, e si vedeva gli occhi specchiati nel mosto cupo. Il mondo intorno pareva libero e felice, sgombro di non si sa qual vecchiaia, mentre al silenzio immobile del meriggio i rami carichi dei meli e dei peschi cominciavano ad agitarsi animando di sé il paesaggio intorno. Il giovane era impallidito sotto il colpo del vino, e i baffi gli tremavano sul labbro. La donna, stando seduta, ricominciò ad agitare i piedi fra l'uva. Il giovane fu di nuovo d'un balzo sul cavallo, era già tra il fracasso dei lupini, già batteva il terreno cretoso, appariva e spariva fra i pioppi, curvo sulla criniera del cavallo. La donna con una voce spenta disse: «Fa caldo». La voce delle api le ronzava interminabilmente negli orecchi. Sedette coi piedi fuori del palmento. Senza nessuna ragione si mise a piangere, e quando l'uomo le fu vicino, si diede a gridare come una pazza: «Voglio quell'uomo, lo voglio andare a cercare. Non voglio più nessuno, nessun altro che lui. Andate via tutti quelli che mi state intorno. Io non sapevo che esistesse quell'uomo. Perché non me lo hanno mai fatto vedere?». L'uomo aveva messa la mano in tasca e si gingillava stupidamente con un coltello.

Il rubino

Le cronache dei giornali registravano uno di quei fatti che per una giornata sommuovono una città e fanno il giro del mondo: un rubino della grossezza d'una nocciuola, un gioiello celebre che portava un nome famoso, che si diceva di un valore spropositato, era scomparso. Lo portava come ornamento un principe indiano che si trovava in visita in una metropoli dell'America del Nord. Egli si era accorto di averlo perduto subito dopo un viaggio fatto in un'auto di piazza, che lo aveva depositato in incognito in un albergo suburbano, sfuggendo alla sorveglianza del suo seguito e della polizia. Furono mobilitati gli agenti investigativi, la città intera si destò la mattina seguente sotto l'impressione di quella perdita, e fino a mezzogiorno molti s'illusero di trovare sulla loro strada il famoso gioiello. Cadde sulla città una di quelle ventate di ottimismo e di delirio, quando il senso della ricchezza di uno fa più ricche le speranze di tutti. Il principe, nella deposizione che fece alla polizia, fu reticente, ma escluse che la persona con cui aveva viaggiato potesse essersi resa responsabile di quella perdita. Perciò non doveva essere ricercata. Il conduttore del veicolo si presentò per attestare che aveva accompagnato l'indiano col suo turbante prezioso in compagnia di una donna, affermando di averli lasciati davanti a un albergo suburbano. Egli affermava che la donna era una bianca, e che la sola cosa che la distingueva era un magnifico brillante, della grandezza di un pisello, che ella portava incastrato alla narice sinistra, secondo la consuetudine di alcune ricche indiane. Questo particolare sviò per un momento l'attenzione del pubblico dal rubino perduto, aggiungendo curiosità a curiosità.

Il conduttore del veicolo, dopo aver visitato accuratamente l'interno della vettura, fece il calcolo delle persone che aveva accompagnato durante le prime ore di quella mattina: un uomo indaffarato, uno straniero che aveva accompagnato fino al porto e che evidentemente s'imbarcava per l'Europa, una donna. Lo straniero, riconoscibile per un italiano, era uscito da una di quelle case dove si uniscono a vita comune gli emigranti; questa persona portava un paio di pantaloni larghi come amano esagerare gli emigranti, le scarpe gibbose e tozze che si usano ormai soltanto fra gente di quella condizione, un cappello duro su un viso sbarbato, magro, seminato di rughe. Come bagaglio aveva una valigia pesante la cui chiusura era assicurata da una grossa fune, e un altro involto pesantissimo che pareva una scatola di acciaio. Egli era partito il giorno stesso. Ma l'idea di quest'individuo si cancellò subito dalle ricerche, perché lo straniero aveva l'aria di viaggiare per la prima volta in un'auto di piazza, non sapeva neppure chiudere lo sportello, e si era tenuto sempre accosto al finestrino davanti, forse per non essere proiettato all'indietro dalla corsa, e osservava attentamente le strade, come fanno quelli che lasciano una città sapendo di lasciarla forse per sempre. L'attenzione del conduttore si fissò invece sull'uomo che, uscendo dall'alberghetto suburbano, aveva presa la vettura subito dopo il principe, e si era fatto portare nel quartiere dei lavoratori italiani, dove poi lo straniero aveva preso posto. Quel viaggiatore, di cui diede i connotati, e che doveva essere uno della città, fu cercato inutilmente. Del resto, il fatto che egli non si facesse vivo agli appelli dei giornali e alla promessa di una forte mancia, dimostrava a rigor di logica che era stato lui a impadronirsi del famoso gioiello. Ma trattandosi di un oggetto riconoscibilissimo, celebre in tutto il mondo, si sperava che un giorno o l'altro sarebbe riapparso.

L'emigrante che tornava a casa sua, in un paese dell'Italia meridionale, dopo cinque anni di assenza, non seppe mai nulla di questa storia. Egli rimpatriava con un bagaglio dei più singolari, per quanto gli emigranti ci abbiano abituati alle cose più strane. Una valigia di cuoio finto, che egli credeva vero, conteneva la sua casacca turchina da fatica, ben pulita e stirata, dodici penne stilografiche che egli si riprometteva di vendere alla gente del suo paese, dimenticando che si trattava di mandriani, e che non più di sei borghesi adoperavano penna e calamaio, inoltre alcune posate con uno stemma, una macchinetta per tosare di cui si era servito per tagliare i capelli ai suoi compagni di lavoro, un oggetto di metallo di cui non conosceva l'uso e lo scopo, che aveva forma di pistola e non sparava, dodici tappeti di tela cerata e qualche oggetto per far figura e per regalo alla moglie, al figlio, agli amici. Il bagaglio pesante era una cassaforte di acciaio, usata, che si apriva con un meccanismo in cui bisognava comporre una parola di sei lettere e la parola questa volta era: Annina. Quanto a contanti, portava mille dollari, di cui trecento doveva restituirli a chi glieli aveva prestati pel viaggio. In un taschino del gilè portava un pezzo di cristallo rosa, grande come una nocciuola, sfaccettato, trovato per caso nella vettura che lo aveva accompagnato al porto, e di cui non sapeva l'uso. Lo aveva trovato ficcando le mani dietro il cuscino della vettura. Lo prese per un amuleto della sua vita avvenire, e forse lo avrebbe fatto legare come ciondolo alla catena dell'orologio. Era strano che non fosse forato, e quindi non poteva essere neppure una delle tante pietre grosse che si adoperano per le collane delle signore nelle città. Quando uno lascia un paese, tutte le cose acquistano prima della partenza un valore straordinario di ricordo, e ci fanno pregustare la lontananza e la nostalgia. Così gli fu caro questo pezzo di cristallo, gelido a toccarlo, abbastanza lucente e limpido, come se fosse vuoto dentro, e vi fosse del rosolio, come nei confetti.

Quest'uomo, intorno agli elementi che possedeva, aveva stabilito il suo negozio. La cassaforte attaccata al muro, il banco per la vendita, le penne stilografiche in una scatola, le posate con lo stemma, i tappeti di tela cerata esposti, quelli dove è raffigurata la statua della Libertà e agli angoli portano i ritratti dei fondatori dell'Indipendenza americana, il tutto a puntini bianchi e azzurri. Tutte queste cose le aveva radunate pazientemente in cinque anni, pensando al suo ritorno, e scegliendo le cose che sarebbero apparse più strane in un paese come il suo, per quanto potesse scegliere fra le occasioni di roba usata che gli offrivano, proveniente non si sa di dove, ma che fa un gran giro fra le mani degli emigranti.

Ora sarebbe divenuto negoziante di generi misti, dopo essere partito bracciante, e la prima idea del negozio gliel'aveva data la cassaforte. Si sarebbe detto che avesse scelto tale mestiere proprio perché possedeva una cassaforte. Si sentiva quasi ricco, poiché i denari che aveva in tasca erano denari forestieri che col cambio aumentavano. Calcolando mentalmente quanti erano, il suo pensiero si perdeva volentieri in cifre ad ogni minuto diverse. Provava un piacere infantile a toccare nel taschino quel cristallo rosa, e cominciava a crederlo un portafortuna. Era uno di quegli oggetti senza utilità, che rimangono tutta la vita con noi, di cui nessuno ha la forza di disfarsi, e che finiscono a diventare compagni di vite intere se non di intere generazioni. Molte cose importanti si perdono, tenute ben custodite e nascoste, ma questi oggetti non si perdono mai, e qualche volta vi pensiamo. Quest'oggetto ora, a pochi giorni di distanza, gli ricordava quella giornata di partenza, l'interno di quella vettura, le strade che si arrotolavano lentamente come scenari dopo una rappresentazione, e diventavano ricordi di cose lontane.

Egli mise il negozio in una parte del paese abitata dai contadini e dai mandriani, in alto. Quindici giorni dopo il suo arrivo, il pianterreno di una casupola era mobiliato con un lungo banco, uno scaffale dove avevano trovato posto i pacchi turchini della pasta, la cotonina turchina per le massaie, da un canto un barile di vino su due trespoli e un coppo d'olio. Accanto al banco era murata la cassaforte, ed egli provava un gran piacere ad aprirla in presenza alla gente. In questa cassaforte era il libro dei conti e lo scartafaccio delle merci vendute a credito, da pagarsi al tempo del raccolto o della vendita delle bestie. Il negozio acquistò lentamente l'aspetto di tutti i negozi, con l'odore delle merci, i segni fatti col gesso dalla moglie sulle pareti, per ricordarsi delle cose date a credito, perché non sapeva scrivere. Invece il figliolo, che andava a scuola, cominciò a tracciare sul registro i nomi dei clienti, e qualche volta faceva assennatamente la guardia alla bottega, nei pomeriggi caldi, quando non c'era altro traffico che quello della neve per i signori che si svegliavano dal sonno pomeridiano.

Lentamente le lunghe scarpe americane si erano aggrinzite ai piedi della moglie che aveva acquistata l'aria soddisfatta e meticolosa delle bottegaie, la stoffa nuova che il marito aveva portato era andata a finire fra gli stracci, e soltanto il cappello duro di lui era quasi nuovo nell'armadio. I tappeti di tela cerata erano stati dati in regalo alle famiglie importanti, e quanto alle penne stilografiche nessuno le aveva volute. Qualcuno le aveva rotte maneggiandole, e i pezzi stavano nella cassaforte. Il padrone della bottega, aveva, in fondo, l'animo di un ragazzo, perché pensava spesso che i pennini di quelle stilografiche fossero d'oro, e li teneva cari come il ragazzo tien cara la stagnola delle cioccolate. Conservava anche un giornale scritto in inglese, lo aveva sempre risparmiato, anche quando ne aveva avuto bisogno per incartare le merci. Talvolta si metteva a osservarlo, e le figurine delle pagine di pubblicità gli facevano rivedere la gente che fumava le sigarette col bocchino d'oro, le ragazze, i grammofoni, la vita dei quartieri centrali dove talvolta si avventurava.

Quanto alla pallina di cristallo, se ne ricordò un giorno, e la diede al figliolo che ci giocasse coi compagni il giorno di Natale. In quest'epoca, serve ai ragazzi una nocciolina più pesante per tirare contro i castelli fatti di nocciuole e buttarli giù e vincerli; di solito se ne prende una un po' grossa, la si vuota pazientemente attraverso un forellino, poi la si carica con alcuni grani di piombo da caccia. Questa di cristallo andava bene, era pesante, e colpiva nel segno. Un altro giocava con una pallina di vetro di quelle che si trovano nelle boccette delle gazose, che sono tonde; ma il figlio del negoziante sosteneva che fosse più bella la sua perché veniva dall'America e perché era rossa. La teneva molto cara, come

fanno i ragazzi, che non perdono mai queste cose. Il padre
pensava spesso, vedendo quest'oggetto che serviva di giocattolo al suo ragazzo, alle sue illusioni di quando viaggiava pel
mondo, e il mondo gli pareva pieno di preziose cose perdute
che i fortunati ritrovano. Per questo aveva sempre frugato
dove gli capitava, sotto i materassi dei lettucci nel vapore,
dietro i cuscini di cuoio degli autobus; non aveva mai trovato
nulla. Sì, una volta soltanto, aveva trovato cinque dollari per
istrada, e, se lo ricordava sempre, quel giorno pioveva.

La zingara

Lo zingaro arriva una mattina in piazza che nessuno se lo aspetta, si mette a sedere in terra, scava una buca, tira fuori due mantici di pelle vellosa, congiunge nella buca i due becchi di latta, si mette a mandar su e giù i mantici come se suonasse un organetto. Nella buca si accende la fiammella azzurra del carbone. Fa questo lavoro con raccoglimento, guardando appena in giro coi suoi occhi bianchi. Quando la fiamma è gialla e sicura, si leva, tira fuori un pane di stagno in cui si specchia abbagliante tutto il sole. Aspetta che gli portino i vasi di rame da stagnare e da saldare. Sembra che sia arrivato solo; invece si sente un suono come di chi piange piano per non farsi sentire: è lo zingaro più piccolo che gira per richiamo suonando il suo strumento invisibile, una lamina d'acciaio che si mette sotto la lingua e fa vibrare, variandone i suoni col cavo delle mani disposto a cassa armonica. Poi ne spunta un altro, e le donne silenziose e infide.

La gente chiude la porta perché gli zingari sono ladri, e le madri non finiscono di raccomandare alle figlie di non aprire e di non dar retta per quanto dicano. Le zingare lo sanno e stanno ore intere dietro la porta dicendo: «Aprite, vi devo dire una bella cosa, perché ho letto nella vostra fortuna. Aprite, bella stella». Parlano, insistono, pregano, supplicano. Le ragazze tremano perché vorrebbero aprire e intanto hanno paura. Stanno dietro la porta e guardano dal buco della serratura: la zingara coi suoi occhi bramosi è là dietro e guarda la porta per lungo e per largo con quel senso di stupore animale proprio dei cani davanti alle porte chiuse. «Io so chi vi vuol bene», supplica la zingara. «Apritemi e ve lo dico». Lo zingaro, invece, sta serio serio in piazza. Tutti i trafficanti, quando arrivano, si mettono a gridare per annunziarsi, ma lui no; basta che si veda da lungi il suo fuocherello, che si senta il grosso respiro dei mantici, perché tutti corrano a vedere. Egli sta attento che non gli rubino nulla i ragazzi. Coi suoi occhi mette in soggezione e sembra che veda da tutte le parti. Ha i cerchetti d'oro agli orecchi. Suo figlio o suo fratello gira per le porte a cercare lavoro; i suoi occhi pronti scoprono tutto nella penombra delle case, si ficcano addosso alle belle ragazze. I suoi denti, mentre parla o ride, fanno rabbrividire. Le ragazze si rifugiano in un angolo e tremano di aver aperto. Le pastore e le contadine sono audaci quando arriva l'orefice o il venditore di orci di creta. Fanno siepe intorno, complici, qualcuna di loro riesce a mettersi sotto il grembiule una cuccuma o una fiasca. Qualcuna è riuscita a trafugare un anello, tant'è vero che i venditori, quando arrivano, ora, fanno col bastone un continuo giro per tener indietro la gente. «Paese di celebri ladri!», esclamano, e nessuno se n'ha per male. Ma la sera, quando va via, il venditore s'accorge che gli manca qualche cosa. Con gli zingari invece è più difficile. I ragazzi studiano, in disparte, i momenti di distrazione dello zingaro sperando di portargli via il martelletto da stagnare, o un pezzo di stagno. Gli zingari vanno via all'improvviso come ladroni, e tutti si frugano per vedere se manca qualche cosa. Una volta mancò una ragazza, la Crisolia.

La Crisolia molti se la ricordavano ragazzina proprio l'anno avanti, quando le legavano i capelli ricci in un ciuffo stretto al sommo del capo. Fin da piccina aveva sempre tentato di partire con tutti quelli che partivano, e pareva un capriccio infantile e innocuo. Veniva a sapere che qualcuno andava via ed ella si presentava all'alba, senza dir motto, alla casa di costui, aspettava pazientemente fuori della porta, e sentiva i rumori dei preparativi alla partenza; teneva sulle ginocchia il suo bagaglio: una scatola di cartone in cui era la sua vesticciuola rossa delle feste. La gente, quando si accorgeva che ella aspettava, apriva la porta, la invitava a entrare, perché era risaputo che all'alba di tutte le partenze la Crisolia faceva la sua apparizione. Ella si metteva in un angolo e guardava tutto attentamente, e rideva fra sé e sé. In fretta, prima che chi partiva si muovesse, ella discendeva le scale e si precipitava accanto al mulo legato davanti al mannello di fieno. Si arrampicava coi piedi scalzi (la mamma non le aveva messe le scarpe per la partenza) sulle sporgenze del muro, e aspettava. Poi, quando il viaggiatore scendeva, ella supplicava invano che la portasse con sé, si metteva a corrergli dietro, e piangeva, fino a che non lo vedeva dileguare. Poi si chetava e aspettava di partire con un altro, mai delusa. Ora era partita sul serio dietro allo zingaro.

Crisolia non ha il colore della pelle degli zingari, è bianca, non ha rubato mai in piazza, quando arrivavano i mercanti, e non sa rubare neppur ora. Lo zingaro la guarda compassione- volmente, non senza tenerezza, e i compagni gliela guardano con pietà. Ella non sa più perché sta con lui; guarda spesso l'uomo che le piacque, che nella sua mente non ha un nome preciso, e si chiama ancora e sempre per lei lo Zingaro. Ella non ha saputo fargli neppure un figlio, e si sa che i ragazzi servono per scorrazzare nei paesi, e portano via sempre qualche cosa, nascosta sotto la camicia. Ella non va più da molto tempo al suo paese, ma in tutti i paesi che traversa riconosce le stesse facce del luogo dove è nata; questo la stupiva un poco dapprima; a quelle si affeziona e non si azzarda a far male.

Tutti conoscono la vecchia bigotta che sta alla Marina. Era ricca e ora non ha che un giardinetto intorno alla casa; prega tutto il giorno, e quando non prega sta a curare i suoi fiori; delle volte aspetta una visita promessa, perché nei momenti liberi è in giro a pregare gli amici e i forestieri che vadano a visitare il suo giardino. Bisogna dirle che andrà in Paradiso e che il suo giardino è bello; allora fissa l'interlocutore coi suoi occhi di fedele che vede lontano e domanda: «Me lo dite sul serio?». Poi accompagna il visitatore per il suo giardinetto, guidandolo per ogni pianta come in un mondo. «Questa è la menta, questa è la salvia, questo è il geranio». Guarda i fiori che spuntano meravigliosamente, e quando è generosa stacca una foglia e la porge al visitatore. Tutti le promettono di andare da lei, e poi magari non vanno perché si annoiano; ella aspetta ore intere nelle sue stanze dove ha messo tutto in ordine e dove ha preparato il caffè. Lentamente l'odore inebriante del caffè si disperde, la ciotola diviene fredda, ed ella la tocca di quando in quando come si fa coi febbricitanti. Nessuno arriva, o arriva quando è sera, ed è troppo tardi per vedere il giardino. Allora esce col lume a farglielo vedere, e il giardino è pieno di misteri e di meandri. Quando arrivano le zingare, costei è la sola che apra la porta sicura e che si fidi di loro. Dà loro i trespoli del letto, e il trìpode di ferro della catinella perché le facciano un bel lavoro; le zingare dileguano e non si fanno più vedere. Tutte queste vagabonde lo sanno, perché ogni carovana manda qualcuno a bussare alla sua porta e a supplicare. Le prendono la vecchia mano, l'aprono, e vi leggono: «Qui è scritto che andrete davvero in Paradiso».

Invece, la Crisolia non sa fare neppur questo. Ella dice, dietro la porta, cose che non la interessano: «Presto», le dice, «riacquisterete le ricchezze perdute; presto vi verrà una gran novità; c'è un giovane che vi vuol male ma c'è un vecchio signore che vi protegge». «A me dici queste cose? Chi vuoi che mi voglia bene e che mi protegga? Tu ti devi essere sbagliata, e non sei una buona zingara». La vecchia non vuole aprire, perché questa non sa tirar bene la sorte. Ma la Crisolia ha paura di tornare al suo uomo a mani vuote, e insiste, e picchia rabbiosamente contro la porta. La vecchia dice dietro la fessura della chiave: «Tu non sei una vera zingara, tu devi essere una ladra». Ora la Crisolia trema dietro la porta e supplica: «Apritemi, signora Adelaide, apritemi perché io so...». «Che cosa sai, se non ti viene in mente che non mi chiamo Adelaide?». Non c'è più speranza, e la Crisolia si mette a supplicare tremando e sudando: «Datemi qualche cosa a gloria del Signore, datemi qualche cosa: un pezzo di pane, mi basta. Io non posso tornare a mani vuote. Voi non sapete». La vecchia non risponde altro che un «sì, sì» canzonatorio, e la Crisolia la vede, attraverso la serratura, che sta seduta con le mani sulle ginocchia, e un ciuffo di capelli stopposi le pende sugli occhi spenti. Batte le mani aperte furiosamente contro la porta: «Datemi almeno un po' d'acqua. Neanche un po' d'acqua?». La vecchia alla fine si decide ad aprire e le butta un catino d'acqua sporca addosso.

La Crisolia, come un cane bagnato, si mette a girare per i vicoli, guarda i balconi, spia le entrate delle case, vede che molti chiudono precipitosamente la porta. Se almeno avesse il triangolo di acciaio su cui battere e fare un poco di musica per richiamo, i curiosi si affaccerebbero. Ma così ha l'aria di essere una forestiera e non una zingara, perché è vestita decentemente e non è scura in faccia. Sulla fronte ha un lieve colore perlaceo e dorato; le labbra rosse, le guance fiorenti, gli occhi chiari e limpidi. Ed ecco che scorge a un balcone una donna, una ragazza, pare, che si sporge un poco per annaffiare il vaso di menta: si vede il suo gomito aguzzo e infantile. La Crisolia infila le scale, di corsa, arriva davanti alla porta sbarrata, bussa discretamente. Nessuno risponde. Bussa più forte. «Chi è?». Ella riprende fiato e dice in fretta in fretta come ha sentito dire a molte sue compagne: «Io so che un Peppino vi vuol bene, che una vecchia donna vi vuol male, ma c'è un vecchio signore che vi protegge». «Ma che Peppino!», strilla una voce fresca di dentro; «se io sono sposata, e mio marito si chiama Antonio! E poi mia suocera mi vuol bene, e quanto al vecchio signore...». Ella esita. Che non voglia dire che il vecchio signore, suo padre, si deciderebbe a darle quei soldi? La donna dietro la porta rincalza: «Io vi so dire la buona ventura». Ma questo rimette in sospetto la padrona di casa la quale non risponde. «Datemi un po' d'acqua almeno, mi contento dell'acqua. La volete la fortuna per un po' d'acqua?». «Se è per l'acqua, ecco». La donna ha aperto la porta.

È una cucina abbastanza larga, imbiancata da poco, segno che la casa è abitata da gente nuova; c'è il fornello acceso, e sopra vi bolle una pentola con un odore e un calore di mattinata familiare. Dalla finestrella entra la luce del meriggio, e la grande voce della campagna supina, e il grappolo sonoro delle cicale. La padrona di casa non è una ragazza come pareva. Può avere diciotto anni, esile, il viso magro da adolescente, e poi un gran ventre su cui posa le mani conserte. Ha l'aspetto avido delle ragazze e insieme delle donne prossime a diventar madri, e i suoi gesti ripetono nelle faccende familiari quelli fatti per giuoco e per ischerzo nell'infanzia. Su una sedia è un cesto di frutta, ed ella lo guarda di quando in quando come se si trattasse di darne a un suo figlio ideale, a un figlio non nato. Forse per chetarlo prende un pugno di ciliege e mangia, come se le spartisse in due, fra madre e figlio. «Ecco l'acqua. Avete dove metterla?». La osserva da capo a piedi, i piedi nudi, mentre la zingara si è chinata sul fornello e soffia fra le braci. «Dove volete che metta l'acqua?». Avidamente si attacca all'orcio e beve a grandi sorsate l'acqua fresca; ora ne sembra tutta irrorata, la pelle le diviene fresca e morbida, la gola le trema mentre beve. L'acqua le scende sul collo, fresca, mentre posa l'orcio. Si pulisce con la manica. «Siete sposata da poco?». «Sei mesi». Su un'altra sedia è una fascia bianca arrotolata. La zingara la prende, la svolge un poco, sorride; ma la sposa gliela ghermisce e la nasconde in una cassa.

La zingara ha seguito la sposa mentre è andata di là, dove è eretto il letto alto. Appoggiata alla sponda del letto la padrona di casa si copre il ventre gelosamente con le due mani, fissa la zingara e le domanda: «Voi non avete avuto figli?». La zingara dice di no col capo. È facile indovinarlo: le è rimasto un che d'immaturo, ha la vita stretta come una vespa, i suoi occhi e la sua bocca hanno contorni netti, la sua voce è aspra: dà, insomma, l'idea di quegli arboscelli matti che crescono sui vecchi muri e non danno frutti, pur fiorendo a primavera, e sembrano forti. «Il Signore non me ne ha voluti dare». Intorno a lei si fa il silenzio e il vuoto, mentre la padrona di casa si affretta a nascondere tutto quello che ricorda il bambino che deve venire. La zingara se ne accorge e dice: «Io non sono nata zingara, ma mi ci sono fatta». La sposa s'interessa subito a questo discorso, si fa raccontare com'ella è fuggita di notte, come si nascose presso la città prima, come al suo paese ella non va mai, mai più. Ora discorrono tutte e due presso il letto, e la sposa vi si è sdraiata come un animale. Ricordandosene improvvisamente corre in un angolo, trova certe mele acerbe, ancora piccole come mandorle. «Le mandorle non sono buone quest'anno, sono vuote, ma le mele, anche così acerbe, sono dolci, dolci, provate». È intenta a mangiare, assorta come una capra, e come una capra leva gli occhi interrogativi intorno. Il frutto sotto i suoi denti sembra divenire più succoso e le irrora le labbra. La zingara dà un morso a un frutto anch'essa, e si ricorda improvvisamente della sua infanzia. Dice: «Io sapevo fare tante cose, sapevo ricamare, sapevo fare il merletto. Invece eccomi qui». La sposa domanda tranquillamente: «Vi vuol bene lui, lo zingaro?». Ella sospira e si stringe nelle spalle. «A me sì, il mio», dice la sposa. «Quando torna, ora che è la stagione dei frutti, mi porta sempre qualche cosa. Entra senza dir nulla, posa una manata di frutta sulla tavola, appena staccata dall'albero, e mi dice: "Mangia subito e non ti toccare". Ha paura che faccia il figlio con una voglia di nespola o di ciliegia». La zingara dice: «Avete mai mangiato terra e carbone, come fanno tante donne nella vostra condizione?». La sposa ha una smorfia di disgusto. «A me, perché le dovete dire certe cose?». Le sembra che la donna voglia farle del male, la guarda mentre ha preso la scopa per spazzare, gliela strappa di mano, dice: «È tempo che ve ne andiate via». Mentre dice questo i suoi occhi cadono sulla tovaglia che ella ha ripiegato accuratamente, sui bicchieri che ella ha lavato, sul pavimento spazzato a metà. La Crisolia la guarda supplichevole: «Avete veduto che so fare tutto come una donna civile?». «Andate via perché se mio marito mi trova con una zingara mi sgrida». La Crisolia si è avviata alla porta, e prima di uscire dice: «Non mi regalate nulla? Vi ho servita». Ma quella fa di no col capo. Allora si mette a supplicare: «Per l'amore di quello che vi deve nascere, datemi qualche cosa, per non farmi tornare a mani vuote, o mi dicono che non lavoro». La sposa prende la scopa, la brandisce, minaccia come si fa coi monelli. La Crisolia si precipita in cucina, dove ha veduto un pane, lo afferra, se lo mette sotto il grembiule, e via di corsa per le scale. La sposa si è affacciata alla finestra gridando: «Acchiappatela la zingara che mi ha derubata». Ora si vede la Crisolia che l'hanno afferrata chi per i capelli, chi per le orecchie, chi per la veste; sente che vanno cercando una guardia, e non si può muovere. Il pane è caduto in terra, qualcuno lo raccatta, lo spolvera, lo bacia, perché il pane non si butta in terra. Una donna esclama: «Che miracolo, acchiappare una zingara che ha rubato! Credo che sia la prima volta che succede».

Coronata

Ella si era messa al collo la medaglina della Madonna, legata con un nastro color giallo che le stava bene, sul petto, e commentava sottilmente il color ocra della sua pelle. Certo, con un nastro verde sarebbe stata meglio, come nell'anno precedente, se ne ricordava. Ai nodi delle trecce i suoi capelli divenivano gialli; verdi erano gli spicchi di stoffa che le gonfiavano il corpetto, stranamente celesti i suoi occhi. A guardarla, uno si ricordava del grano, dei campi d'estate, perché come l'estate ella era asciutta e abbondante. Improvvisamente si mise a dire che non voleva più andare al santuario e tremava tutta d'un tremito inconsulto. Il padre si mise a gridare: che non era modo quello, dopo avere ottenuto la grazia di guarire dalla malattia, di non mantenere il voto che aveva fatto. Doveva fare la strada a piedi, scalza, con un cero in mano, quattro ore di cammino per le montagne. Allora si mise a supplicare che non la costringessero, che si sarebbero accorti che aveva ragione lei a non volerci andare, che aveva fatto cattivi sogni e aveva peggiori presentimenti. Invece ci si aggiunse la signora Domenica, quella che aveva il bambino mutolo, e che voleva fosse lei, la Coronata, a tenerlo fra le braccia davanti all'altare della Madonna che gli doveva, se voleva, ridare la parola. La Coronata si mise a piangere e si affacciava alla finestra come se aspettasse qualcuno. Passavano suonando pifferi e zampogne i pellegrini, che venivano di lontano, e scaricavano in piazza, in segno di gioia, fucili e pistole caricate a mitraglia. C'era chi faceva la strada ballando, e chi improvvisava un balletto durante la sosta in piazza,

93

c'erano le donne coi lattanti caricati nelle ceste che portavano sulla testa, c'era un gran chiasso che si aggiungeva allo strepito dell'estate. Uno di quei pellegrini, con un cavallo infiocchettato come se lo portasse per voto, si mise a gridare verso di lei: «Viva la Madonna!», e ballava furiosamente brandendo un fucile. La Coronata rientrò in casa tremando tutta come una gallina, scarruffata, e si mise a battere col piede nudo: «No, no, e no!». «Turca, saracina, diavola, eretica!», le strillavano intorno.

Si avviarono, la madre si caricò sul capo la cesta dei viveri, la Coronata prese il cero pesante ornato di nastrini, si mise, sulle trecce, la coroncina di spine intrecciata di fiori di vitalba che sembravano uno stuolo d'api che le svolassero intorno al viso caldo e maturo, e stava attenta a non pungersi. Si batteva la mano sul petto dicendo: «Madonna mia, che cosa mi sta per succedere!». Ma nessuno le badava, e il padre la mandava avanti come una vitella. La gente del cavallo era già lontana e cantava a squarciagola. Il mutolo, che si passavano ora l'una ora l'altra portandolo in braccio, stava a guardare come tutti gridavano evviva, come agitavano le armi, e, era l'alba, gli alberi in fiamme che avevano illuminato il cammino tutta la notte. «Oh, lui non sente niente, povero angelo!», diceva la signora Domenica. Ma il mutolo aveva capito, e agitava le braccine come chi voglia dire qualche cosa. A una fonte della montagna la gente del cavallo si era fermata, mangiava e beveva, e chi non aveva da masticare cantava a squarciagola. Ma non cantavano niente di religioso, tanto che la signora Domenica si lagnava. «Guarda che razza d'infedeli, che vanno cantando canzonacce alla festa; ma perché ci vanno?». Nessuno sapeva di dove fossero, ma la Coronata lo sapeva: dovevano essere i compratori di pelli e di cera che venivano dall'altro versante, gente che vive in montagna la metà dell'anno, e poi scende con le bestie cariche di merce. Come lo sapeva? Ella si mise a ridere che voleva tornare indietro, che quella era una brutta giornata per lei, che la Madonna le perdonava se tornava a casa. Allora il padre le disse che era capace di persuaderla con le cattive, anche coi suoi diciotto anni quanti

94

ne aveva. L'alba era ormai schiarita, il sole tentava di penetrare nelle valli fresche e scure, cominciavano sulle vette più alte le cicale a cantare, mentre in basso la voce invernale dei torrenti strepitava come chi non vuole ascoltare. Poi cominciò il paesaggio delle baracche di felci, dove tenevano bottega per i pellegrini i vinai, presso le fonti limpide, e le strade di confluenza dove arrivavano dagli altri paesi le genti ubriache di canti, di chiasso, di vino, e i malati che levavano il viso emaciato dalle barelle, e gli ubriachi che andavano pencolando sul ciglio delle strade come i muli. Si spalancarono gli abissi delle valli, le gole dei burroni, tra un coro assordante di grida, uno sventolio di cappelli, e di fazzoletti, i pazzi colpi dei fucili: apparve il santuario bianco con la sua forma di vescovo mitrato, in fondo alla valle.

La Coronata teneva il mutolo in braccio presso la balaustra dell'altare, e diceva: «Grida, grida, chiama la Madonna». Lo teneva stretto fra le braccia, gli premeva il capo contro il marmo freddo della ringhiera. Il bambino cacciava fuori urli indistinti, grondante di sudore, coi capelli ritti, a bocca aperta, bianco come la cera. Le candele dell'altare si storcevano lentamente nel gran caldo di fiati e di sospiri della folla, e di colpo grondavano grosse lagrime di cera sulla tovaglia dell'altare. La Madonna di pietra colorata, coperta di orecchini e di braccialetti, guardava coi suoi occhi neri dritto alla porta da cui irrompeva la gente, sebbene la chiesa fosse affollata. Ad ogni gruppo di persone che entrava, la folla compatta si contraeva come il corpo di un mostro che digerisca a fatica. Vi penetravano, come in un mistico ovile, le mucche e le capre infiocchettate che i pastori portavano in voto, e che dovevano giungere fino all'altare. Le donne, attorno al mutolo, lo premevano da tutte le parti, gli gridavano ai sordi orecchi, gli mostravano, per fargli capire, come muovevano le labbra gialle nell'atto di gridare: «La Madonna!». Altre donne, appassionate di quel fatto, si pigiavano intorno, si mettevano a battersi il petto col pugno, a gridare a squarciagola: «Fa' il miracolo, Madonna santa!». Pareva che si fosse stabilita una gara invidiosa a chi ottenesse il miracolo. Il mutolo, alto su tutta la folla, si era arrampicato sul marmo della balaustra, e gli pungevano gli occhi tutte quelle candele, le bocche aperte lo stordivano, e le mani intorno che lo reggevano parevano portarlo in alto, in alto, con gli angeli. Aveva capito, e ormai la voce gli usciva dalle labbra come un rantolo. Gli uomini, confusi tra la folla, pallidi a sentirsi stretti fra le donne, si smarrivano. Di quando in quando, dal banco coperto di tela bianca, su cui i devoti gittavano orecchini e anelli in un impeto, fremendo e gridando: «Madonna bella!», il prete levava gli occhi al soffitto, come se si vedesse volare quella voce divenuta articolata, e quella parola che avrebbe fatto saltare di urli la chiesa. Ma a un tratto la Coronata lasciò andare il ragazzo. Un uomo si era avvicinato a lei circondato da altri visi risoluti. Il mutolo si afflosciò sulla balaustra, gridò, parve che gridasse distintamente: «Madonna mia! Madonna mia!»; la folla si levò tumultuando e battendosi il petto, mentre un cavallo nero infiocchettato di rosso si faceva strada scalpitando e nitrendo, si avvicinava all'altare, ed eccolo che invece di accosciarsi come era uso, si voltava verso la porta con una donna in groppa, e sotto i colpi di un giovane fosco, aveva infilato la porta, e via come un'apparizione.

La gente che ballava in piazza non vi aveva fatto caso lì per lì, fino a quando una donna non si precipitò dalla porta della chiesa, coi capelli sciolti, gridando: «Mi hanno rubata mia figlia!». Altre grida coprirono quella voce: «Ha fatto il miracolo!». Il cavallo era scomparso non si sa da qual parte del bosco intorno, e aveva mandato all'aria un gruppo di persone intorno all'indovina bendata, che rimase sola sulla piazza come se giocasse a moscacieca. Le madri in piazza misero fuori un gran vocio: «O Marianna, o Grazia, o Lucia!», per assicurarsi che le figliole le vi fossero ancora. Un uomo, col fucile brandito, cominciò a chiedere che gli prestassero un mulo, un asino, per inseguire il ladro, e si videro un uomo e una donna vecchi che spronavano un asino ilare e trotterellante, dietro le tracce del cavallo nero. Le ragazze erano spaventate e sognanti, e sapevano di che paese fosse la ragazza rubata.

Nel bosco fu un clamore e un domandare affannoso a chi

veniva, se avevano veduta una donna in groppa a un cavallo infiocchettato, e un giovane anche lui in groppa. Le voci erano contraddittorie, sembrava che le persone non capissero nulla, che cosa fosse una donna e un cavallo. Forse avevano paura che il ladro fosse un personaggio pericoloso, e indicavano vagamente la strada, in su, in giù, di qua, di là, a casaccio. La madre coi capelli sciolti andava invocando e supplicando tutti i santi. Gridava per le valli: «O Coronata, o Coronata! Figliola!». Ma le sue parole erano coperte dalla voce dei fiumi profondi che si cercavano per le valli, e i monti stessi non ripetevano né ampliavano quelle parole, ma facevano una vaga risonanza come se la stessa eco fosse ammutolita. Verso sera parve, in una conca deserta, che sul pendio d'una montagna si accendesse un fuoco; parve che nella macchia scura delicati colori di panni di donna risplendessero come un'apparizione. Il padre si mise a sparare all'impazzata, fino a che si fece largo fra i rami d'un albero una donna che si mise a parlare. Tutta la valle si mise a sentire, e ad ampliare quella voce che pareva sovrumana, la voce stessa di un'eco che miracolosamente avesse imparato a inventare parole; e diceva: «Io ve lo avevo detto che non volevo partire. Lo sapevo che sarebbe finita così, e ormai è inutile starci a pensare. Se qualcuno si muove gli sparo, perché questo è il mio marito, e lo amo». La voce si spense, si risentì confusamente ripetere due tre volte qualche sillaba di quelle parole dagli echi assorti e lontani, con la loro voce burbera e ironica. Il padre era seduto su un sasso, col viso fra le mani, e sembrava morto in quell'atto. La madre, coi grigi capelli sciolti, con le lagrime che le bagnavano il viso come un sudore disumano, disse volgendosi a qualcuno: «Ci avrà pensato, quel maledetto, a portarle qualche cosa da mangiare? Se vi fosse qualcuno che le portasse una pentola e un poco di pasta. Io no, non li voglio più vedere. Per me sono morti».

Teresita

Il Ferro, con le mani dietro la schiena, camminava tutto il giorno su e giù per la stanza come un carcerato. Appariva a tratti alla finestra, dava un'occhiata fuori, voltava bruscamente le spalle e riprendeva a camminare col suo passo cadenzato come il battito d'un orologio. I ragazzi, quando lo vedevano, coi capelli bianchi ritti sulla fronte e gli occhi grigi, si nascondevano dietro il grosso macigno che era rotolato dall'alto della montagna fin sotto alla sua finestra. Le donne di casa, la moglie e due figlie, stavano tutto il giorno in cucina, zitte e scalze, e di loro non si sentiva che qualche sospiro. Lo servivano, gli mettevano le scarpe, inginocchiate ai suoi piedi, lo lasciavano mangiare solo, sempre attente che non echeggiasse la sua voce iraconda. Egli chiamava: «Signora Saveria!», quando chiamava la moglie; ella accorreva tremante e inchinata, e stava a sentire immobile i suoi ordini e la gragnuola delle sue frasi risentite. Egli aveva in uggia tutto il mondo, e bastava andare a chiedergli un consiglio per tornare umiliati e irritati dalle male parole. Ammetteva alla sua presenza soltanto il figlio più piccolo, quello che gli somigliava di più e che aveva destinato agli studi. Altri due figli più grandi, appena in età di saltare, li fece pastori. Il figliolo privilegiato lo stava a guardare ore intere come andava su e giù, facendo a tratti qualche gesto quasi per togliersi di dosso un che di fastidioso.

La mattina, chiuso nella sua stanza, sentiva rivivere tutta la casa: era come un fremito che s'impossessava di tutto, coi vetri che tintinnavano, con le scope che strisciavano a lungo, come se fuori piovesse a scrosci più forti e men forti. Poi sentiva la voce della moglie che svegliava la bambina più piccola, Teresita, con la dolcezza di chi distoglie una persona amata da un'illusione: era un gorgheggio, un richiamo, un discreto richiamo tra un bosco dove qualcuno si fosse smarrito o nascosto. Tutte le mattine, egli notava, era una musica nuova, qualche cosa di bizzarro e di capriccioso che la madre sapeva inventare. Dopo aver fatto il trillo dell'usignolo, il miagolìo del gatto e il tubare della voce materna, chiamava per nome la bambina: «Teresita, Teresita», e la distoglieva così dal sonno, fino a che quella balzava su richiamata dal ricordo improvviso e urgente delle cose che aveva lasciate alla veglia. Poi non si udiva più nulla. La piccina faceva una grande fatica a orientarsi; tutta la casa pendeva sul suo silenzio, e sulle sue prime parole roche, sul suo visino ancora impigliato, nel groviglio del sonno, a un sogno che l'attraeva ancora come fosse ancora vero. Il padre, il Ferro, aspettava con un segreto piacere: ella si avvicinava alla sua porta, col passo strascicato e incerto, ed era come se gli camminasse sul petto. Si vedeva, di sotto l'interstizio della porta, l'ombra della piccina assottigliar-si e allungarsi fra l'alta luce che irrompeva da fuori, e sull'altalena delle ombre convergenti in cui si trasmutava tutto quello che si muoveva nella casa, ella avanzava, finalmente, e diceva: «Papà, papà».

Egli la lasciava fare e taceva. Fino a che la piccina comincia-va a picchiare, in ritmo sempre più alto come una frase musicale. Ta-ta-ta-ta. Tatatatà. Poi batteva coi piccoli pugni, con la mano aperta, col ginocchio nudo. Il Ferro ascoltava e rideva fra sé e sé. Quella sofferenza e quell'attesa gli davano un piacere infantile. Apriva la porta, l'afferrava tra le braccia, se la faceva sedere accanto, sul letto, e le domandava: «Che cosa hai sognato? Vuoi bene al tuo papà?». Su questa domanda era solito insistere: «Vuoi bene al tuo papà? Quanto gli vuoi bene? Molto? Quanto?». «Quanto voglio bene al sole, alla luna», ella rispondeva, «quanto agli occhi, quanto al pane, quanto al cielo». Egli non si stancava di ascoltarla, e le faceva ripetere all'infinito quelle proteste d'amore, lui che non era

abituato a sentirne. Poi si levava, i suoi occhi grigi ridiventava-
no protervi, la sua bocca riprendeva la piega amara del
disprezzo.

Teresita tornava piccola piccola con la mamma in cucina, e
sapeva che non poteva più mostrarsi perché il padre l'avrebbe
sgridata. Egli voleva soltanto che lo svegliasse la mattina
dicendogli che gli voleva bene. Quando la rivedeva vestita,
con la treccina stretta al sommo del capo, col visino assorto
delle bambine che aspettano qualche cosa, provava lo stesso
sentimento che aveva verso le altre figliole: una specie di
animosità inconscia, come se quelle fossero sogni suoi finiti
male. Poi maritò le più grandi mentre la Teresita era ancor
piccola, e andava rimuginando a chi l'avrebbe data: vi pensava, e sentiva che avrebbe odiato il marito di Teresita. Intanto
ordinò ai figli più grandi che si trovassero lavoro fuori: uno lo
arruolò fra le guardie di finanza, e quello strillava che voleva
rimanere in paese a lavorare la terra; l'altro scappò di casa una
notte e non si seppe più nulla di lui. Una fretta irragionevole lo
prese di fronte alla vecchiaia, e non fu contento se non quando
la casa fu vuota, quando tutti se ne furono andati chi di qua
chi di là, e però si ricordavano di lui e della sua durezza con
una specie di tenero accoramento verso l'infanzia passata fra
tanta inutile severità. Tutti fuori di casa, e lui, solo, inquieto
come un vecchio leone. Anche il figlio prediletto, appena
avuta una professione, lo abbandonò perché si volle sposare.
Questo fu per il vecchio il più gran dolore. Chi gli voleva bene,
ormai?

Uscì di casa per ultima, data a un contadino ricco, la
Teresita, divenuta una bella ragazza. Gliela diede con rabbia.
Rimasero soli, nella casa, lui e la moglie, uno di qua e l'altra di
là, senza mai vedersi o quasi, perché egli seguitava a dormire
solo e a mangiar solo. Il giorno dopo le nozze di Teresita, il
Ferro aveva finito col vestirsi tardi, irritato e sorpreso di non
vedere più, come al solito, la figlia. Alla moglie che lo stava
calzando si mise a domandare: «Che ne è della Teresita e di
suo marito? Non viene a salutarmi? Non vengono a baciarmi
la mano per ringraziarmi di averli uniti? Quel mascalzone

crede di potersi dispensare dalle buone usanze? Che cosa sono divenuto io? Io sono capace di farlo arrestare. Non mi vuole più bene nessuno; nessuno mi vuole più bene». Non c'era modo di fargli tenere fermo il piede per infilargli la scarpa. «Buono, buono», diceva la moglie, «verranno, verranno certo più tardi a salutarvi e a chiedervi la benedizione». Arrivarono difatti che il sole era già alto. La Teresita si mise a picchiare disperatamente, ma il Ferro ordinò che non si aprisse e diceva: «Snaturati! È questa l'ora di levarsi? È questa l'ora di venire a chiedermi la benedizione? Non apro, non voglio aprire. Nessuno mi vuole più bene, Teresita». Ma ebbe il coraggio di lagnarsi fino a che restò chiusa la porta. Quando si decise ad aprire, sedette solennemente su una sedia e vide avanzare lo sposo con la faccia storta e contrariata dietro le spalle di Teresita. Si misero in ginocchio ai suoi piedi ed egli li benedì, non senza mettersi poi a leticare col genero: che lasciasse venire da lui tutte le mattine la Teresita a svegliarlo, altrimenti non si sarebbe più levato dal letto.

Teresita era bellissima, con gli occhi chiari, e una dolce stanchezza nello sguardo. Egli sospettò che fosse felice e ne ebbe dispetto. Le domandò: «Sei contenta?». Ella annuì con un gran cenno del capo. Allora egli divenne furibondo: «Dove me la porti questa figliola, mascalzone! Tu non te la meritavi; tu sei uno stupido; tu finirai in carcere». Erano abituati alle sue parole grosse e non vi facevano caso. Tentarono di consolarlo, ed egli non chiedeva di meglio che d'esser consolato, circondato di premure, sentirli discorrere di lui sottovoce; domandarsi che cosa potevano somministrargli per calmarlo. Al primo bicchier d'acqua rinvenne, e li vide che si scostavano lungo le pareti della stanza per lasciarlo passeggiare.

Da allora, tutte le mattine Teresita si levava in fretta e correva come sempre, alle sette, a svegliarlo. Egli risentiva la sua voce e il suo tocco, e questa volta fuori della porta di casa. La lasciava picchiare e si ravvoltolava nelle coperte. Ella cominciava a parlare per persuaderlo ad aprire, per potergli dire buon giorno, per dirgli che gli voleva bene e servirlo. Egli taceva, e gli veniva da ridere, contento, udendo che la voce di lei era sempre quella d'un tempo, una tenera voce che usciva dal suo petto maturo come di sotto un velo. Alle volte si addormentava di nuovo per pochi minuti, ed era dolce dormire sapendosi vigilato. Sapeva che Teresita sedeva sullo scalino della porta; di quando in quando metteva le labbra al buco della serratura e chiamava: «Papà, papà». Quella voce arrivava a lui deformata dalla cavità attraverso cui passava, e lo faceva ridere, come se si trattasse d'un giuoco di ragazzi. Alla fine apriva, ed ella entrava umile e sottomessa.

Venne l'inverno, le strade del paese in pendìo divennero torrenti, la neve sulle montagne brillava nuova. Una mattina il Ferro aspettava che Teresita picchiasse alla porta. Pareva che fosse il vento e non era: era lei che batteva e chiamava, come travolta dalla tempesta: «Papà, papà! Aprite, sono io».

Egli fingeva di non udire, e sentiva la rabbia della pioggia che si allontanava e si avvicinava a seconda del vento, e il brontolìo frettoloso del torrente che rompeva davanti agli scalini della porta. «Papà, papà!». Egli pensava: "Se apro subito, per lei sarà troppo facile. Che picchi ancora. Se mi vuol bene starà sotto la pioggia e aspetterà". Ella seguitava a battere, disperatamente, e si sentivano le sue nude mani bagnate contro la porta. «No, non aprite», ammonì egli alla moglie. «Ve lo dico io quando dovete aprire». Alla fine aprirono.

Ella entrò vacillando, bianca come la cenere, col viso umido di pioggia, i piedi rossi. Sedette ai piedi del padre come un povero animale, e si mise a piangere poggiando la guancia alle sue ginocchia. Disse: «Lo sapete che ho fatto un bambino questa notte?». Un filo di sangue le scorreva sulla caviglia nuda, sul piede nudo. «Ho sonno», aggiunse, «e mi sento male. Mi avete fatto aspettare tanto, là fuori». Egli si mise a carezzarle i capelli umidi, come quando era piccola. Ella stravolse gli occhi e disse in un soffio: «Non volevano lasciarmi, ma io per forza sono voluta venire. Sono saltata dal letto di nascosto, quando non mi vedeva nessuno». Divenne smorta, pesante. Egli le carezzava i capelli e le diceva: «Sì, sì,

105

lo so che vuoi bene al tuo papà». Ma poi sentì che ella non si muoveva più, come se dormisse. Aveva l'occhio azzurro spalancato e senza sguardo. Il Ferro allora si mise a gridare come un bambino spaventato, e la scoteva inutilmente: «Chi mi vuole più bene, ora, Teresita, chi mi vuole più bene?».

Romantica

La ragazza strillava che voleva giocare sempre col ragazzo con cui l'avevano sorpresa dietro una fratta. Non era bello che alla sua età, già fatta, corresse pei campi come un puledro; ma quella bambina non si rassegnava a non essere più una bambina, e la si ritrovava dappertutto, dove i ragazzi si davano convegno. No, non poteva fare a meno di lui, perché lui sapeva raccontare tante cose cui nessuna pensa, voleva discorrere con lui notte e giorno, per tutta la vita. Il padre di questa ragazza era uno dell'Alta Italia, trapiantatosi nel nostro paese dopo un lungo vagabondaggio attraverso l'Italia meridionale. Doveva appartenere a una grande famiglia, almeno a quanto diceva il suo nome. Già molto giovane era fuggito per seguire Garibaldi, poi, invece di tornare a casa sua, si ridusse a vivere da noi. Questa prima parte della sua vita era un mistero. Poi, da una donna del luogo ebbe questa figliola, e tuttavia non la sposò. La figliola gli rassomigliava, e nessuno si stupiva che fosse tanto disposta a scorrazzare. Voleva stare insieme col ragazzo? Che ci stesse. Cominciarono a giocare davanti alla porta di casa, e già tutti e due erano grandi, e s'involavano qualche volta per i campi; tornavano trafelati a mezzogiorno, col sentimento che di quest'ora hanno gli animali domestici e i ragazzi. «Ah, che razza di fidanzati e di sposi!», diceva la madre che era una povera schiava, sempre a badare all'uova, ai conigli, alla capra, all'erbetta, che non sedeva mai su una sedia, che dormiva presso il focolare nella stanza accanto a quella dell'uomo. I due giovani si sposarono come per giuoco; il marito si mise a lavorare, ma giocavano insieme lo stesso quando avevano tempo, e non era difficile vederli la sera che si accapigliavano per due soldi, che giocavano a battimuro.

La figliola si presentò in casa una sera per domandare alla madre: «Che storia è questa della figliola non legittima? È vero che io sono una di queste? È una cosa di cui mi devo vergognare?». La madre tremava. Ella seguitò: «Almeno spiegatemi quello che devo sapere». Fu a questo punto che la ragazza divenne donna. Cominciò a frequentare la casa più spesso e ad aiutare la madre. «Allora voi non siete sposata con lui?». «Io? oh, no! Egli è di una grande famiglia, e non mi ha mai voluto dare il suo nome. Io mi chiamo sempre Padella». «Ma vi ha voluto bene?». «Non lo so, non lo so, io. Chi lo sa che cosa hanno in testa questi uomini. Da trent'anni non sa più nulla dei suoi e non cerca di sapere. Io non gli ho mai chiesto nulla. Parla tanto poco». «Ma bene, ve ne ha voluto?». «Non lo so. Non si vede più che sono stata bella? Ma lo sono stata, e bene gliene ho voluto. Il destino ci ha messi insieme e ci siamo rimasti. Ora che tu non ci sei, siamo anche più lontani. Chi dice più una parola? Egli pensa sempre, non si sa a che». «E non vi ha mai fatto una carezza?». La giovane seguitò a dire che col suo sposo era un'altra faccenda, che erano felici, che anche nel sonno si cercavano senza volerlo. Qualche volta sognavano di giocare e si mettevano a leticare dormendo. La madre diceva: «Ragazzi!», ma teneva il viso coperto con le mani, ma pareva che ricordasse qualche cosa che le faceva male. «Io non ho mai saputo come siano queste cose. Quando venne lui così alto, con quegli occhi, con le sue maniere, me ne sono andata con lui. Che importa? Mi ha trattata come un povero animale. Che importa? Ah, vi volete bene? Anche nel sonno?». Cercava di sorridere.

Il vecchio rincasava come al solito, alla solita ora. La figlia: «Che avete fatto di mia madre? Perché io non ho mai saputo nulla? Perché non siete stato buono con lei? Perché mia madre non è stata felice? Io, guardatemi, io sono felice». Il vecchio guardò la sua donna come se si accorgesse di lei la prima volta, e gli sembrasse impossibile che ella fosse capace di soffrire per qualche cosa. La figlia aggiunse: «Anche lei è una povera creatura di Dio». La donna, ad occhi asciutti, ripeteva fiocamente: «Anch'io sono una povera creatura di Dio», come se dicesse a sé sola, ma la stesse ad ascoltare tutto il mondo, i morti e i vivi, la gente lontana e il cielo, e fosse divenuta grande lei che si era sempre considerata tanto piccola. «Tutta la vita in silenzio, senza dire altro che le frasi d'ogni giorno. Non abbiamo parlato mai, nessuno mi ha detto mai nulla, come si parla alle persone. Io qualche volta parlavo alle bestie, alle galline e ai conigli, ecco con chi parlavo». Le disse queste cose o le pensò, e a distanza la sua vita non le parve altro che una lunga alternativa di lavoro e di sonni pesanti, le galline che covavano, i pulcini che saltavano nuovi come i ragazzi, la capra che doveva pascolare e che ella si trascinava dietro per i campi come fosse un cane. E da tutte queste cose dipendeva la loro vita. Per la prima volta ebbe l'impressione di essere stata infelice senza averlo mai saputo, come succede ai bambini poveri, quando ricevono un poco di bene. Si accorgeva oscuramente come lei stessa si fosse piegata e conformata a seconda dei bisogni e delle faccende quotidiane, e nel fondo della sua memoria non c'era altro, quando non pensava, che il belare delle capre, il pigolìo dei pulcini, le grida delle cicale che la stordivano quando andava a spigolare dietro le orme dei mietitori. Ora le sembrava che sarebbe morta se non le avessero detto una parola buona, ella che non vi aveva mai pensato. «Li sentite», disse rivolta all'uomo, «che si abbracciano nel sonno? Che leticano nel sonno? Quando si sono mai veduti degli sposi a questa maniera?». Sorrise? Voleva sorridere. «Ecco, ecco, dirò...», cominciò l'uomo. «Dirò». Ma esitava. Si tuffò nel passato come in un mare, parlò come se si confessasse. Egli non era mai riuscito a togliersi dal cuore una figura di donna che aveva amato, giovinetto, lassù, nella sua città. Questa donna, ora che lo confessava a qualcuno, si accorgeva di non amarla da un pezzo, non si ricordava che poco di come era fatta, si ricordava soltanto il suo nome, forse non amava più che quel nome. Come si chiamava? Palmira. Non è un bel nome? Forse non era neppure un bel nome. Ma gli era parso bellissimo, e

quando se lo ricordava rivedeva il suo sguardo. Aveva gli occhi
neri. Era bionda? Sì, era bionda. Ma non m'interrompete con
queste domande. L'aveva amata adolescente, poi giovinetto,
ed ella per lui era la sua terra. La sua terra era prospera, ricca,
con monti e fiumi, boschi e fonti, con città popolose, donne
amorose. Era partito volontario con Garibaldi; tornò, la trovò
fidanzata; ripartì, voleva dimenticarla. Dove andare? Allora si
usava andarsene per dimenticare, e c'era scritto anche nei
romanzi. Aveva compiuto venti anni il giorno in cui passò lo
Stretto di Messina col suo generale. La gioventù non era per
lui altro che questa terra, ora, la terra con gli aranceti che
aveva davanti, e la veduta dell'Aspromonte come un gigante
che volta irritato le spalle. Non l'avrebbe più riveduta, aveva
fatto proposito. Forse, se non si fosse ostinato a rimanerne
lontano, a rivedere quella donna sposata sarebbe guarito. Se
ne accorgeva troppo tardi, ma quando se ne accorse non
poteva più muoversi, coi suoi vestiti troppo disusati. Averla
potuta rivedere, era sicuro che sarebbe guarito. Ora quella
figura era scomparsa dalla sua memoria, e di lei non rimaneva
che un nome, e il colore dell'adolescenza. Dapprincipio
questo sacrificio gli era piaciuto, e gli era piaciuto annullarsi in
questo modo. L'amava ancora? Non era possibile. Gli era
rimasto come un grande rancore, e la sorpresa di trovarsi alla
fine della vita, sì, alla fine, senza accorgersene, per questo
risentimento giovanile. Era come se fosse scivolato da una
grande altezza e si ritrovasse nel fondo senza memoria del
tragitto. E ora? Ecco come si perde la vita, ecco come ci si
dimentica di noi stessi. Egli diceva o borbottava queste cose,
seduto, con le mani sulle ginocchia tremanti, come un accusa-
to; ma non lo capivano, se non quanto bastava per aver pietà
dell'amore. «E ora, andate a riposare. Questa è l'ora vostra.
Ecco la tazza del latte. Andate a dormire». Ella come sempre
gli accese il lume, gli preparò il letto, gli tolse le scarpe. Ma
questa sera, che aria nuova correva il mondo per lei! Stranamente le ritornava con quest'estate la memoria di molte estati
lontane, e le luci dell'orizzonte, dove il mare le teneva ancora,
erano le luci della sua gioventù. Il mondo le si ripresentava

112

nuovo e intatto, e non era mutato nulla, neppur lei, e i rimorsi spersi della strada, battere di porte, risate, pianto di bambini, calpestìo, richiami, si svolgevano come una musica nota d'un mondo che comincia per noi. Una impressione di felicità pioveva su tutte le cose. Perché era tanto libera e leggera oggi? «Disgraziato», diceva con la sua figliola, «disgraziato, povero infelice. Da noialtri è tutta un'altra cosa: ama chi t'ama e rispondi a chi ti chiama». E a tutte le ragioni per cui riteneva quell'uomo un essere privilegiato si aggiungeva anche questa.

Ormai parlavano di Palmira spesso, come d'un sogno comune, poiché non avevano altro in comune. Che si poteva dire di essersi amati, incontrarsi un giorno nel bosco, egli col fucile in ispalla, ella intenta a raccogliere ghiande? Invece Palmira era lontana, era stata bionda, lo era ancora, poiché ella rimaneva giovane e amata nel ricordo. Si era sposata? Nessuno lo sapeva. Egli non ne aveva avuto più notizie, ed era andato ramingo da paese a paese appunto perché ella ne perdesse le tracce. Forse si ricordava ancora di lui, e pensava che egli si era perduto per lei. O che non avesse creduto che si era trovato un amore migliore? Fu in questa comunità di discorsi e di pensieri che la donna gli posò il capo sulle ginocchia, ed egli distrattamente le ravviava i capelli grigi. «Anch'io sono stata bella, non è vero?». Egli diceva: «Io non sono più quello di allora. Mi sembra di essere nato una seconda volta qui, e qualche volta mi sembra di sognare. E del resto, perché soffrire? Chi si accorge che noi soffriamo?». «Oh, io sono stata felice senza sapere nulla, contenta di servirvi. Ora che so, mi dispiace, ma prima chi pensava a queste cose? Avevo altro da pensare».

Un giorno arrivò una lettera per il forestiero, cosa straordinaria, perché egli non ne riceveva mai. Doveva aver fatto una lunga strada perché era coperta di bolli, di indicazioni, di correzioni e d'indirizzi. Sembrava che tutto quello che doveva dire lo portasse scritto sulla busta, e che dentro non vi fosse più nulla, come i pensieri vecchi che finiscono sempre con l'affiorare e con l'essere rivelati. Ma il forestiero non era là per riceverla; non viveva più. Questa lettera rimase molti anni ancora nelle mani della sua donna, come un cimelio. La lettera che si era trascinata tanti anni sulle sue tracce rimaneva ancora chiusa come se non fosse stata scritta. Solo più tardi qualcuno l'aprì e la lesse. Diceva: «Spero che questa lettera arrivi a trovarti. Dove sei? Non ti ricordi di me? Rispondi. Ho paura che tu sia troppo lontano. Per carità, rispondimi. Ho da dirti cose decisive per la tua e la mia vita. Se non risponderai vuol dire che sei perduto per sempre. E io che farò? Palmira». E sotto la firma: «Vieni, vieni!». La calligrafia e l'inchiostro avevano avuto il tempo d'invecchiare e d'ingiallire, la data era divenuta remota: trentacinque anni prima. Del resto, quello che l'aprì, per caso, non vi capì nulla.

La signora Flavia

Fu come se tra il grigio delle case fosse fiorito improvvisamente un giardino. La signora Flavia scendeva in istrada accompagnata dalla domestica che si teneva umilmente un passo indietro, gli occhi bassi sul petto abbondante. La signora, vestita di rosa, sembrava dovesse perdere l'equilibrio da un momento all'altro, non essendo abituata alle ineguaglianze della strada. A lei stessa sembrava di prender terra dopo una malattia. Si sentiva addosso una gran pienezza, e il petto e i fianchi come se si muovessero troppo. Ma nessuno si accorgeva di queste cose. Piuttosto, sembrava più piccola di quanto di solito la immaginava chi l'aveva intravista qualche volta alla finestra, o traversante le sue stanze sonore, più piccola, al modo stesso delle statue calate dal loro piedistallo. E allora a qualcuno sembrava più bella e più vicina, e il fatto stesso che era più tozza di quanto si pensava, e di quanto promettevano le sue gambe forti, era una di quelle imperfezioni da artefici popolari, che piacciono al popolo. Ma su quel corpo, si volgeva con un lieve tentennamento la testa piccola, le labbra forti, il naso ricurvo e brevissimo, la fronte diritta e quadrata, come se non vi potessero regnare altro che pensieri ordinati e chiari.

Passò attraverso le strade come in processione. La gente si ricomponeva e ammutoliva. Si sentivano soltanto rotolare i ciottoli che urtava con le scarpette. Come per non turbarla, la salutavano a bassa voce. Invece saltò su con una voce sgangherata Serafino che disse: «Sono vostro servo!». Ella si volse appena, senza guardarlo, e allora il Serafino si accorse di

117

avere i piedi scalzi, e si ricordò di avere uno spacco dietro ai pantaloni. E contava diciassette anni. Si vergognò subito, sedette sul muricciolo, nascondendo un piede dietro l'altro. La signora aveva rallentato il passo, e si levò la voce nasale della domestica la quale lo avvertì: «Prepara la cavalla bianca per domani mattina. La signora Flavia deve andare al giardino». Serafino stava seduto sempre; la donna lo redarguì: «E levati in piedi, quando ti trovi davanti alla signora». La signora Flavia parve non aver udito. Solo, abbassando gli occhi, vide il dito grosso del piede di lui che si muoveva nervosamente.

«Quanto zelo questi servi! Non sanno che inventare per compiacere i padroni. È certo che se fosse stata lei, la signora, non vi avrebbe fatto caso». Si era rintanato, e sul suo pagliericcio non riusciva a prender sonno. Egli aveva sentito parlare la signora, qualche sera, stando seduto sotto la finestra di lei, a prendere il fresco con la servitù: le finestre erano aperte, e la voce di lei scendeva lunga e assorta come la voce delle fontane nei boschi. Indovinava anche il sonoro passo di lei. Egli pensava sempre di avere un giorno un vestito nuovo per mostrarsi, ed era sicuro che allora lo avrebbe comandato: «Serafino, va' a prendere tre soldi di neve. Serafino, ha detto la signora di andare a comperare questo e questo». Ma forse era proprio la domestica che non gli dava mai le commissioni, e perciò lui non lo comandavano mai. Egli immaginava che lo avrebbero mandato al paese vicino a portare i regali di Natale e di Pasqua ai parenti di lei; poi immaginava che sarebbe tornato con un bigliettino di ringraziamento e lo avrebbero fatto passare per darlo personalmente alla signora Flavia. Ma siccome lui badava alla cavalla, queste commissioni le affidavano agli altri servi, quelli che avevano in custodia i muli e le asine. La signora andava a cavallo raramente, quando scendeva al mare pei bagni, e quando andava a trovare i parenti. E lui l'indomani non avrebbe avuto un vestito nuovo da mettere. Se lo pagavano male non era certo colpa della signora. Era il marito che gli lesinava i denari, e lui serviva per poter dire che era in casa loro, e pel rispetto che gliene veniva. Si rivoltolava nel lettuccio. Certo che questa gente ha dei vestiti inverosimili.

Hai veduto che razza di stoffa portava indosso? Una stoffa che sembrava pelle. Macché, più delicata della pelle. Aveva un odore di stoffa nuova che si sentiva a un miglio di distanza, come se passasse un mercante con la sua roba uscita fresca dalla fabbrica. Ella è bianchissima in viso. Si capisce, perché sta sempre chiusa. Ha qualche efelide intorno agli occhi perché è troppo bianca, troppo bianca, troppo. La sua bocca è un teatro. Che cos'è un teatro? Egli non lo ha mai veduto; ma la bocca di lei è un teatro. A teatro non ci sono le dame vestite di bianco, i cavalieri lucenti, i paladini con le tuniche rosa, e il cavaliere Orlando con la sua spada d'oro? Quant'è vero Dio che la sua bocca è un teatro. E poi le mani. Sembra che debbano a un certo punto allungarsi, e invece si fermano, vengono le unghie appannate, e sembrano le mani brevi delle bambine. I capelli sono ordinati. Si potrebbero contare uno per uno, sono capelli vivi, forti e densi come i giardini ombrosi. Tre soldi di neve, e la neve ha il colore un poco dorato delle sue mani. I suoi denti bianchi fanno venire la sete, come la neve. L'orcio dell'acqua è sulla finestra. Vi batte la luna e il sereno, è fresco e rugiadoso, emana un odore di fontana. Giunge di lontano l'odore dal mirto che ha fatto le bacche rosse come i grani d'una collana. La signora padrona è impenetrabile come una statua, e nessuno può immaginarsela mentre ride. Invece ride nella sua stanza, e gli angoli ne risuonano. Poi non ride più; si allontana inverosimilmente, diviene piccola e triste come una foglia appassita. L'aria è fredda e fa rabbrividire gli uomini nei loro letti. Non si sa che ora sia. Arriva la luce da lontano, forse è la luce che viene dal mare, forse è la luce della luna al tramonto. Si sente tossire nelle case basse. Si desta il mondo. Nel sonno la signora è scomparsa dietro una nuvola. Serafino non riesce più a ricordarsela, e gli sembra d'averla perduta. Forse non è vero che domani deve accompagnarla sulla cavalla bianca. Bisogna levarsi presto per ricucire gli strappi ai pantaloni. Che stupido non averci pensato prima. Ma lui non ha la fidanzata.

Il giorno avanza caldo, crucciato, fosco. Poi sembra che debba piovere, giunge a tratti l'odore del bosco umido, a tratti giunge un odore gonfio di nuvole acquose, e le cime delle piante si mettono a tremare. Ma non piove, invece. Il sole si leva trionfante e asciuga il mondo, le ore cominciano a scandirsi grandi sulla terra.

La cavalla ha una criniera lunga e sfrangiata, una criniera da bestia selvatica. Questa mattina sembra pallida, perché ha il muso color cenere, e la criniera sembra ingiallire alle sfrangiature. Questa cavalla è proprio una signorina. È mansueta, aspetta tranquillamente scalpitando come chi cambi posizione nell'attesa. Ubbidisce alla voce. Improvvisamente, a una buffata di vento, nitrisce superba. Vuole correre, e si sente già il suo trotto attraverso i boschi e gli orti, per la ghiaia e per la terra molle, quando la terra sembra vuota e sonora come un petto. La signora vi monta con disinvoltura, vi si accomoda seduta e prende le briglie. «Non volete che tenga io le briglie, e cammini avanti, ché non si adombri?». No. Egli deve correre dietro la cavalla, correre correre, parlarle a voce alta e a voce bassa, chiamarla con tutti i nomi che le ha dato quando erano soli, e la domava scagliandola selvaggia per la valle. Avanti, testarda, avanti colomba; piano, bandiera, al passo, madama. Si traversa il bosco d'ulivi, si traversano i ruscelli asciutti, le vallette folte di canne, dominate da un lungo respiro, e il lamento delle fonti che buttano goccia a goccia l'acqua ricantandola su tutti i toni, e le gore d'acqua stagnante col loro profumo sfatto e il canto fiacco di una ranocchia che vi è rimasta prigioniera. La signora respira liberamente e non si regge più il petto ondeggiante con la mano.

Per un poco egli le trotta accanto e le dice con voce mozza: «Se per caso avete bisogno, potete poggiare la mano alla mia testa». E le offre la testa ricciuta e nera. Ella invece sorride mentre la cavalla la scuote su e giù, e la sua veste fa delle strane smorfie. Egli grida correndo avanti, per frenare il cavallo, ora che il bosco è basso, ed ella potrebbe urtare in qualche ramo: «Che brava cavallerizza che siete! Questo animale è proprio un cristiano, una creatura come me e come voi, con licenza parlando». Ella non risponde, è lievemente curva in avanti, di fianco, e le scarpette che ha appaiate da una parte sembrano due colombe pronte a volare. La cavalla nitrisce, le risponde un'altra voce nel bosco; qua e là si accendono nel verde cupo i melograni rossi come fiamme nella penombra. Spunta un altro cavallo al trotto. Il cavaliere tiene sulle ginocchia una donna e le stringe col pugno il petto per tenerla ferma; ella è pallida di paura. Sono passati. «Non l'avrà mica rubata, quella donna!» grida Serafino correndo e saltando davanti alla cavalla. Finisce il bosco, sono arrivati in prossimità del fiume che fa sentire la sua voce volubile. Serafino si ferma davanti alla cavalla che si arresta impennandosi. La donna tira le briglie e fa col gomito l'atto di chi trae la corda d'un arco per iscoccarne la freccia. Ferma, c'è il fiume.

Qui crescono al fresco i granturchi, stanno spropositate le zucche, gli alberelli da frutto stanno nani e gonfi di succhi; qui crescono le erbe grasse sulla terra non dissodata e occupano come lumache vegetali il suolo, i melograni e gli aranci stanno forti e lucidi. La fornace della calce mette il suo color bianco e assetato in quell'umidore. «Andate piano, non la spronate, e se vuole lasciatela bere. Non guardate l'acqua, guardate sull'altra riva, ma non l'acqua. Fa girare la testa». La voce di Serafino arriva rotta dal rumore della corrente che fa chiasso sui sassi, fischia e zufola fra le canne, brontola tra le macchie, s'ingorga cupa qua e là, verso la riva, mentre nel mezzo corre il filo della corrente come chi non abbia da perder tempo. Si sente come una lunga armonia da una riva all'altra, le voci lontane divengono meravigliosamente vicine, spinte dal vento, rotte dalle sillabe dell'acqua che variano i rumori all'infinito come gli accordi di una musica. Son grida di uccelli, e sembrano canti mutevoli, mentre si spande su tutto la voce estatica e misteriosa dei monti popolati di mandre.

La cavalla ha saggiato la profondità dell'acqua con passo prudente. Freme un poco. È in acqua. Serafino si è rimbocca-to i pantaloni e sta con l'acqua alle ginocchia. La cavalla dà un balzo e si scrolla. Serafino con un salto è in groppa alla bestia e dice: «Scusatemi, ma l'acqua è troppo profonda». La cavalla si rafforza sulle zampe, ha allungato il collo per bere. Sembra ora che soffi alle nuvole specchiate nella corrente e se le beva, bruchi le erbe e i fiori della riva, lambisca le cime delle montagne che vi si riflettono. Fischia nel bosco un uccello, suona una zampogna in montagna, cantano i ranocchi negli stagni, e la corrente del fiume sembra che corra aerea sul mondo, carpisca questi rumori e li trascini nel suo gorgo come pagliuzze. Il collo dell'animale si allunga, si allunga, diviene una china pericolosa, e l'acqua intorno vi rumoreggia e si affolla invitando a scendere con le sue mille voci cattive. «Ferma!», grida Serafino. Ma la signora ha allentate le briglie, a un tratto ha veduto intorno a sé il mondo girare, rovesciarsi sulla terra come imbuti le nuvole, lei essere scagliata nell'acqua, come nella dimensione del cielo. La cavalla sembra, con l'acqua alle ginocchia, un rottame di barca. Non succede nulla, nulla! La signora Flavia si è fatta pallida, si è rovesciata all'indietro. Serafino afferra le briglie, dà un grido alla cavalla che avanza tremando nell'acqua, e sente ad ogni passo la certezza del fondo pietroso. Sembra che scivoli, e la corrente ora le gira intorno allegra e maligna. Invece ha raggiunto la riva, e freme per tutta la groppa mentre vi punta le zampe. D'un salto Serafino è in terra, reggendo con le mani alte la dama svenuta, se la sente scivolare fra le braccia come un segreto, si accorge che stringe con la mano il seno di lei. Qui, alla piegatura del gomito, è un gran solletico. Ha paura di farle male, la vede afflosciarsi in terra come cosa morta.

Stanno in una macchia d'oleandri. Un ramo, soltanto a sfiorarla, le ha fatto arrossire la pelle sulla guancia. Distesa in terra, è come in una buca profonda: si vede il cielo e le nubi, si vede lontano il paese come se fosse diroccato e abbandonato. Sulla terra non c'è più nessuno, nel cielo gli uccelli sembra debbano precipitare colpiti in volo. Il cavallo scalpita, poi si mette a cercare certi fiorellini azzurri che coglie coi grossi denti bianchi. Il fiume scorre calmo e placato, come se avesse scherzato, s'insinua nella macchia e diviene lucido e segreto. Un insetto vi si è imbarcato su una pagliuzza e va lontano. Serafino chiama piano piano: «Signora, signora!». Si mette a sedere ai suoi piedi come un cane, poi fa per toccarle una mano, fa per sbottonarle il corpetto. Tremando, riesce a

122

sciogliere il primo bottone, ritrae le mani. «È tutto molle, molle, molle!», pensa, all'infinito. La chiama ancora con voce suadente come se avesse timore di destarla, e volesse assicurarsi davvero che non sente. Ella sospira, gonfia il petto col suo respiro, il suo soffio dipinge il cielo con una nuvoletta piccola piccola, le api le si addensano intorno con la loro musica. Una lucertola vibrante si agita fra l'erba.

Innocenza

Verso primavera, Biasi, che lavorava alla strada provinciale, come manovale, andò a trovare sua madre. Era distante, ma contava di farcela in una giornata, a piedi. Invece, verso sera si trovò ancora al di qua delle montagne, sempre lungo il mare, tra le agavi e i pali del telegrafo che si confondevano. Allora su quella costa che vedeva distesa all'infinito, si assegnò un punto dove fermarsi per la notte: le case sparse sul promontorio, sotto la lanterna del faro. Gli faceva piacere pensare che si sarebbe fermato là; la lanterna già cominciava a tentennare tra accendersi e spegnersi, chiamando invano le navi che filavano illuminate al largo. Sotto la roccia del promontorio le case si acquattavano nella notte, e il bosco di aranci odorava a intermittenza. Quando Biasi vi arrivò, trovò che il droghiere teneva ancora aperto. A dormire sulla riva del mare faceva ancora freddo, e si vedevano le onde spalancate che minaccia- vano. Allora chiese al droghiere di permettergli che si sedesse. Gli accennarono, senza parole, di sì. Sedette, si appoggiò al banco, la testa gli si posò sulle braccia, si assopì. «Una candela. Un soldo di tabacco. Mezzo litro di vino. Una sigaretta. Chi è questo? Un viandante. Il barone ha venduto l'essenza a duecentocinquanta. Contate il resto!». Ecco le voci che Biasi sentiva nel sonno, e entrare e uscire, voci più gravi e femminili, e la vicinanza di qualcuno che tentava di ravvisar- lo. Più tardi una voce gli disse all'orecchio: «Si chiude!». Si levò di scatto, vide una grossa farfalla che batteva dietro il banco, girando intorno al lumino acceso davanti all'immagine d'un santo, si trovò sulla strada stordito e intirizzito dal sonno.

Il mare faceva un gran fracasso, e come se fosse incatenato, accanendosi contro la luna che lo faceva parere altissimo. Gli alberi si lasciavano incantare pallidi a quel rumore e chiarore. Sulla strada non c'era nessuno. Sedette su un muricciolo davanti a una casipola, e vedeva in terra l'ombra, netta come un ricamo, di un albero di gaggia che stava davanti alla porta. Ora la notte gli pareva una strana stagione d'un sole senza più forza. Guardando meglio, si accorse che la porta della casipola era semiaperta e che qualcuno là dentro tossiva. Vi si accostò. Al suo scalpiccìo una voce disse: «Avanti!». Egli diede una spinta alla porta ed entrò. Disse: «Buonasera. Veramente io non avevo bussato».

Sotto una lampada appesa al soffitto, una figura femminile stava seduta, avvolta in uno scialle che le copriva la testa, e lasciava intravedere soltanto due occhi neri fissi, due occhi senza età, gli occhi delle donne del popolo. Egli disse subito il fatto suo: «Se mi lasciate dormire, magari in terra, e se permette il padrone, io posso pagare. Sono in viaggio e vado a trovare mia madre. Sono un operaio». La donna fece appena un cenno con la testa. Egli aggiunse: «Grazie, se è così mi metto a sedere». I due occhi neri lo fissavano, e sembravano sorridere d'un riso involontario. «Quanto è che vi devo?», disse il giovane sedendosi, e faceva tintinnare i soldi in tasca. «Chiudete la porta», disse la donna. «Chiudete col chiavistello». Nell'atto di levarsi per chiudere, ella poté misurarlo, agile, magro, con una testa ricciuta, un color vivo e bruciato in viso, dove la prima calugine della barba dava una sofferenza sproporzionata a quell'età. Egli osservava in giro, guardava la coperta distesa a modo di tenda, e che copriva evidentemente un letto. Guardò interrogativamente la donna, e disse: «Allora siete sola?». Ella accennò di sì; il giovane rimase sovrappensiero: «Io sono un operaio». Si mise a raccontare come lavoravano alla strada, e come avevano un caposquadra cattivo. A un certo punto non s'intese più parlare. Si era addormentato penosamente, lottando per tenersi seduto. Poi si buttò istintivamente in terra come un animale; l'idea del cammino percorso gli era addosso, e lo affaticava ancora. Dormiva tenendo il viso contro il braccio piegato. La donna lo guardava e pensava al sonno pesante dei giovani, alle stanchezze felici e leggiere. Come se fosse lei a regalare quel riposo, pensava, e quasi diceva: «Dormi, dormi». Il giovane, istintivamente teneva una mano nella tasca dei soldi.

Si sentì bussare alla porta leggermente. La donna, in piedi sulla sedia, spense il lume, aspettò senza muoversi. Bussavano di nuovo, più forte, e una voce dietro la porta disse: «Apri, Vènera!». Si sentiva anche il rumore di una comitiva, intorno, un suono di armonia subito soffocato, e risa trattenute. Uno si mise a cantare a squarciagola, accompagnato da un tamburello, mentre un altro dava calci alla porta a seconda del ritmo di quel canto. Quel canto diceva: «O fiore amaro, o pecora sperduta!». Ridevano. Biasi sentiva tutto questo nel sonno, confusamente. Fuori della porta s'inferocivano, mentre dalle case vicine, come da pollai, correva un lungo brontolare e tossire. «Apri, Vènera, altrimenti, guai a te». La donna si mise a parlare dietro la porta: «Stasera non posso aprire, andate via, per carità tornate domani sera». «Ora, ora!», si misero a gridare. Ridevano, fischiavano, facevano schioccare baci. «Un momento, lasciatemi dire», replicava la donna. «Ho qui un parente, quasi un ragazzo, che non sa niente. Siate buoni, lasciatemi stare, infelice ch'io sono: lasciate stare questa povera orfana». Le risposero schiamazzando. «Non apro», disse lei rabbiosamente. «Guai a te, Vènera», le dicevano. Ma si dispersero. Soltanto uno tornò a supplicare, e chiamarla coi nomi più dolci, con una voce da ragazzo, e si mise a baciare la porta. «Ti brucerò la porta!», minacciò alla fine. Ma poi non si sentì più nulla, e soltanto il respiro del mare che riempiva ormai la notte e passava sul mondo immerso nella luce fatata della luna.

La mattina aveva un colore di festa. Il giovane vedeva la donna affaccendata davanti a un fornello, e questa volta aveva la testa avvolta in una pezzuola azzurra, annodata sotto il mento, e il suo pallore diventava color grigio. Egli si trovava, non sapeva come, sul letto: la tenda era sollevata, il sole lucente aveva conficcate le sue lame negli interstizi e nelle fessure della porta e della finestra. Non si ricordava come era salito lassù, vestito com'era. «E voi dove avete dormito?». «C'era posto anche per me», rispose la donna. «Avete fatto tutto un sonno», ella aggiunse, «e dormivate come un bambino». Un gatto si pose seduto sulla coda nel mezzo della stanza e lo guardava. Le pareti della stanza erano coperte qua e là da fogli di giornali illustrati; una fotografia d'uomo nel mezzo di un ventaglio formato da cartoline illustrate, sembrava trovarsi davanti a un tribunale e a una condanna. Il giovane vide, accanto a sé, l'impronta di una testa sul cuscino, e sospettosamente, senza darlo a vedere, si frugò le tasche. Erano idee vaghe. Poi domandò: «Mi è sembrato che questa notte facessero chiasso». «Già, suonavano e portavano serenate alle donne».

Ella gli porgeva il caffè in una tazzina dai fiori dorati, che evidentemente era usata di rado, e in qualche occasione. Sullo specchio opaco di quel liquido, come in un lago notturno, egli vide per un momento riflesso il suo occhio come un segno profondo. Poi cercava le scarpe. La donna gliele porse dopo averle lustrate con la cocca del grembiule, e questo atto gli ricordava sua madre. Quando si fu levato ella si mise a spazzolarlo. Egli sentiva andar su e giù quella spazzola, con un'impressione d'infanzia, e di quando in quando, tra un colpo e l'altro, sentiva di urtare contro qualche cosa di morbido; lei gli stava vicina a occhi bassi, battendo le ciglia per non esser guardata, mentre compiva diligentemente il suo lavoro. Di nuovo egli si mise la mano in tasca per darsi un contegno: «Come facciamo per questo alloggio?». Ella rispose: «Volete sempre pagare. Niente, niente. Io sono sola, e non ho bisogno di niente. È carità del prossimo». Intanto aveva preso il pettine e gli ravviava dolcemente i capelli. Vedeva i riccioli stendersi e arrotolarsi di nuovo. «Avete l'innamorata al paese?». «No, non ne ho». «Non avete una donna che amate?». «Non ne ho. Ho da lavorare», rispose serio e giudizioso. Rideva, poi, con due denti grossi come due mandorle. Ella era divenuta brusca, e col pettine gli tirava i capelli, da fargli male. Seguitava a servirlo, gli versò l'acqua nel catino, e aspettava reggendogli l'asciugatoio aperto fra le due mani. Egli disse asciugandosi: «Ora bisognerà che me ne vada». «E avete da mangiare per la strada?». «No, arrivo poco dopo mezzogiorno. Vi ringrazio. Voi siete proprio un angelo del Signore. Mi ricorderò di voi e vi verrò a trovare quando passo da queste parti». Senza dir nulla, ella aveva aperto il fagotto del giovane, sciogliendo con le dita leste i nodi del fazzoletto, e toccava uno per uno gli oggetti avvolti là dentro, come per riordinarli. Poggiò poi una scaletta al muro, per raggiungere il soffitto dove due o tre reticelle appese chiude-vano certe mele rosate. E stando lassù era divenuta loquace. «Ora vi do qualche cosa da masticare lungo il viaggio. Voi siete un ragazzo, si può dire, e i ragazzi hanno sempre bisogno di mangiare». «Ragazzo», fece egli punto sul vivo, «ragazzo non tanto. Ho diciotto anni, cosa credete?». La vedeva di sotto in su, con le gonne raccolte fra le ginocchia, e il suo viso lo guardava dall'alto, lontano come se si fosse involato. «Non tenete la scala», ella disse arrossendo vergognosa che la guardasse così; «scostatevi». La scala tentennò a un suo movimento falso, ella fece un gesto di chi naufraga in aria, mentre i pomi cadevano in terra, riuscì appena ad aggrapparsi a un piuolo, e il giovane fece in tempo a raccoglierla fra le braccia. Si era slacciata la pezzuola turchina che le copriva la testa, venne fuori una chioma castana venata di biondo. Ella corse con le mani alle guance, se le copriva, e guardava fissa il giovane. «Vi siete fatta male?». Lottando contro di lei le staccò le mani dalle guance, temendo che si fosse fatta male, e vide una cicatrice appena rimarginata, d'una lunga ferita di taglio che le sfregiava una guancia dall'orecchio al mento, come accade di vedere tra le donne perdute, segnate così come da una condanna. Ella non accennava più a coprirsi, stava davanti a lui come una colpevole, e forse per darsi da fare, dopo un poco, riponeva ordinatamente nel fagotto le mele sparse per terra. Aveva finito. Egli le si accostò, le prese la testa fra le mani, la fissò, posò le labbra sulla cicatrice, la baciò forte come se chiamasse a testimoniare la luce del sole, e senza ripugnanza. «Siete buono», mormorò la donna. Bussarono. Un giovane, torvo e pallido, entrò. Aspettò che l'ospite uscisse, lo squadrò mentre si allontanava, sbatté fragorosamente la porta. Il sole fuori era grandioso e il mare accecante.

Vocesana e Primante

Vocesana e Primante erano nemici. Nel coro della chiesa, Vocesana era il tenore e Primante lo incalzava col controcanto. Le loro voci si levavano al Kyrie come colombe che prendono il volo nello stesso istante. Il canto di Vocesana toccava altezze vertiginose e pareva si dovesse spezzare contro le vetrate; la voce di Primante si dibatteva sperduta e bassa. Abitavano due case vicine. Primante diceva le preghiere tutte le sere, a voce alta. Subito dopo si sentiva la sua voce iraconda per le stanze. Nei paesi i muri vedono e sentono. Vocesana era buon compagno, faceto, qualche volta caritatevole; a lui piaceva solennizzare le feste: ammirava la terra e i suoi frutti, e quando ragionava del tempo, anziché riferirsi alle stagioni, prendeva per data le feste che nell'anno sono varie e portano o maturano un frutto nuovo. Vocesana e Primante avevano pressappoco la stessa età. Avevano due figli maschi ognuno, e tutti e due pensavano di fare un prete del più grande, e del più piccolo un pastore che così non pesava e poi sarebbe stato beneficato dal fratello. Intanto i ragazzi crescevano. Ma mentre il figlio maggiore del Vocesana sembrava il figlio d'un signore, con la pelle bianca e le vene azzurre alle tempie, come un predestinato, il figlio di Primante era bruno e ottuso.

I due uomini frequentavano insieme un solo luogo: la chiesa. Là erano rivali. La loro contesa più aspra, quella che riassumeva tutte le altre contese, l'avevano per Pasqua. Quando nella processione del Venerdì uno dei fedeli trascina la Croce e un altro fa da sbirro, le lotte sono accanite. Tutti vorrebbero fare la parte del crocifero, col camice bianco e la stola, la corona di vitalba intrecciata di spine, che di quei giorni mettono le gemme lungo il livido tronco. Crocifero fu sempre Primante. L'anno passato, poi, il vecchio parroco non vide la Pasqua. I fedeli, come disse un pastore, rimasero come capre senza campàno; alcuni cessarono dalle devozioni perché il nuovo parroco era troppo giovane, sbrigava le cerimonie senza solennità, aveva una voce che non arrivava alla volta della chiesa, e pareva che il Cielo non lo udisse. I vecchi fedeli si diradavano, i giovani profittavano per prendere il loro posto nelle processioni, accanto al prete, a reggere i lembi del piviale. Accaddero cose mai viste. Nell'ultimo Natale due zampognari vennero a lite, e il più vecchio, quello che aveva diritto di suonare a lato dell'altar maggiore, ebbe l'otre lacerato da un colpo di trincetto per mano del suo rivale. Vocesana e Primante apparvero nel coro soltanto per le feste solenni. Parvero più grigi del solito.

Quando venne la Pasqua, la competizione risorse più accanita. I giovani si affollavano intorno alle cariche della Sacra Rappresentazione. Preparavano novità. Il figlio maggiore della Nidìaca che non lo vollero neppure per Giuda, si preparava a comparire in testa alla processione sotto una campana intrecciata di spine, lunga fino ai piedi. Tutti aspettavano di vederlo. (In quella benedetta settimana che sulla terra non c'è frutti, gli spini che circondano i campi verdeggiano, e non si scorge altro e sembra che non esista altro sulla terra).

Vocesana e Primante tornarono alla lite del Crocifero e dello sbirro. Dopo una settimana di occhiate torve e d'intrighi, si accordarono di affidarsi alla sorte. Uscì il nome di Vocesana. Era Giovedì. La sera, fino a notte, mentre i pastori alimentavano in piazza il fuoco di Caifasso, il paese risuonava di canti e di supplicazioni, e il canto di Vocesana era alto e acuto come il canto del gallo.

La processione del Venerdì uscì dalla chiesa verso sera. Senza suono di campane, sparuta. Il sole era velato. Un po' di vento sbatteva come vele le coperte che paravano i balconi.

Uscì primo, reggendosi appena, l'uomo con la cappa di spine fino ai piedi. Inciampò sulla scala. Una goccia di sangue gl'imperlò il petto nudo. Appena fu sulla piazza, reggendosi a fatica, si aggiunse allo sbattimento delle coperte un gridìo confuso di gente che chiedeva pietà ricordandosi dei suoi peccati. Parevano le voci sperse su una nave in pericolo.

Dieci chierici uscirono reggendo il cero, piccoli, innocenti, coronati di vitalba fiorita. Il secco rumore del legno che sostituiva le campane legate crepitò sulla piazza. Apparve Vocesana vestito del camice bianco, con la stola rossa, curvo sotto il peso della croce. Essa recava tutti i simboli: il gallo cantava sulla sommità, le tenaglie e il martello, i chiodi e la lancia, e la spugna sulla canna s'incrociavano come stemmi sacri. Vocesana appariva compunto e sofferente. La barba che non si era rasa da più giorni rendeva più scabro e più pallido del solito il suo volto su cui pendeva bianchissimo il sudario avvolto alle braccia della croce. I compagni della buona morte che lo circondavano col cappuccio calato, parvero coperti d'un casco d'acciaio. La croce era pesante e si trascinava in terra lasciando un solco come un aratro senza governo. Primante apparve nel riquadro della porta a testa alta: brandiva una corda a doppio, tutta nodi. Sul primo scalino vibrò un colpo al Crocifero guardandosi attorno. Il corteo intonò il Miserere. Vocesana tentò di cantare, ma la voce, curvo com'era, gli uscì soffocata e distante. Primante brandì la corda e gli vibrò due colpi sul fianco. Questo era il suo uffizio. Vocesana pensò che quel legno pesava. Al secondo colpo dello sbirro scivolò e cadde sui ginocchi. Tentando di risollevarsi urtò col capo contro il legno e una spina della corona gli si conficcò nella fronte. A stento e senza che nessuno lo sorreggesse, riuscì a rizzarsi in piedi, e traballando si raggiustò il peso sulla spalla, tra l'omero e il collo. Levando il volto rigato di sudore che gli bruciava intorno agli occhi, guardò Primante, ma la figura di lui gli parve altissima, e i suoi occhi arrivarono a posarsi sulla mano che stringeva la corda, quella mano cosparsa di peli neri e folti come la zampa d'un orso.

Quella mano egli la conosceva. Aveva giocato, da ragazzo, con quella mano, e gli si ripresentava ancora come se la ricordava, con l'anulare storto e il pollice corto. Primante non pareva badare a lui. La processione ebbe un attimo di sosta. Come tirando una corda cui fosse legata una bestia recalcitrante, Primante continuava a cantare, e giacché non gli bastava la voce, faceva risuonare il canto nel suo naso grosso. E col canto trascinava la processione e il Crocifero.

Come se avesse letta questa parola su una casa abbandonata, che scorse levando gli occhi, Vocesana pensò alla vecchiaia. Aveva veduto sotto di sé il metro di terra su cui era caduto, coi sassi, i fuscelli, la sporcizia. La terra non l'aveva veduta da vicino, col suo mondo e i suoi aspetti, da chissà quanti anni. Gli tornò alle narici l'odor nuovo delle cose, com'erano quando egli era ragazzo, e si ricordò che in quello stesso luogo dove aveva giocato tante volte, dove era caduto estenuato dai giuochi, aveva veduta la terra allo stesso modo: un mondo microscopico dove i ciottoli buttavano l'ombra d'una montagna nana. E quello stesso luogo si ricordò spazzato dai balli del Maggio, quando tutti gli spiazzi del paese si macerano come i piedi delle ballerine. Levando gli occhi arsi vide intorno un nereggiare di popolo, e tra l'afa della folla udì i canti e le grida, e ad ogni sferzata il rimbombo dei petti picchiati dalla pietà dei devoti.

Ora stava presso la sua casa. Un pensiero comune e ridicolo, come un pensiero di ragazzo, gli traversò la mente: «Quest'uomo picchia troppo forte». Vide, e gli parve altissimo, il suo balcone parato con la coperta gialla che si era distesa sulle sue nozze, e una figura nera inginocchiata come un sacco rovesciato: sua moglie. Chissà dov'erano i suoi ragazzi. I canti divennero altissimi, acuti, spaventevoli, come se si fossero aperte le porte del Purgatorio. Gli si annebbiarono gli occhi, e il sole parve precipitare spento nel mare. «Quest'uomo picchia troppo forte». La nausea lo assalì, un colpo sulla nuca lo gittò in terra. «Troppo forte, troppo forte». Un solo pensiero gli rimase acceso nella mente, come la sola molecola viva di tutto il suo essere: sua moglie ancora inginocchiata come un sacco rovesciato. Buio. E in quel buio brancolava come in un mare, e brancolando non ritrovava né le braccia né le gambe. Pareva la coda mozza d'una lucertola. Tutto il suo essere premeva verso quello spiraglio aperto nel suo pensiero: quella donna, barlume di luce nella tenebra. La tenebra si popolò di suoni; dapprima i canti squillarono, poi divennero un rombo confuso, poi una successione di suoni sempre più acuti, come quando l'organo cambia registro, e nella nota del fagotto il tremolo zampilla come una vena aperta con un colpo di spillo. La gente che lo attorniava gli parve che gli fosse addosso, diavoli d'un regno visitato nei terrori dell'infanzia. Quello spiraglio di luce si spense, ed egli non fu che una impressione, l'impressione di agitarsi, più che con le membra, col pensiero in un mare denso e difficile. Parve che tutti fossero passati già su di lui. Sentì bruciare le gote e la bocca. Questo gli ridiede il senso di se stesso. Pensò: «I miei denti», e tentò di parlare, ma gli parve che gli avessero cancellata la bocca. Aprì gli occhi e rivide il metro di terra sotto di sé, e adagiandovisi con tutto il corpo riprese il sentimento della sua vita. E in quell'istante sentì sopra di sé la voce di Primante e la sferza che gli cadeva ancora sul viso. Riuscì a risollevarsi in piedi. La terra intorno a lui traballava convulsa. Il Crocifero si lanciò sullo sbirro. Sacrilegio inaudito.

Primante si rovesciò su se stesso. Fu un gridare, un disperdersi, un battere di porte. Vocesana era rimasto sulla piazza solo. Da una finestra all'altra si gridava. La sua casa gli parve deserta, e sul pianerottolo della scala esterna una donna chiamava, e aveva i capelli sciolti. Come se si fosse denudato, Vocesana ricompose il camice con una meticolosità assurda. Richiuse attonito il coltello. Non sapeva dove metterlo. Lo posò in terra come se lo avesse raccattato là. I monti intorno erano squallidi e deserti; gli alberi parevano correre. La sera veloce cadeva. «Scappa, scappa!», gridavano.

All'alba, fra due carabinieri, Vocesana ricomparve in paese. Tutta la terra era verde. Si stavano per sciogliere le campane, e la Madonna vestita di nero correva pei campi esultanti, correva come un angelo e come l'ombra d'una nube in cerca del figlio risorto. Vocesana, coperto di lividure, sanguinante, legato, s'imbatté nella Madonna vagante, ed ella non lo conosceva.

Temporale d'autunno

Si sentiva la pioggia risalire frettolosamente i fianchi della montagna, col suo rapido passo su per le foglie dei boschi. I viaggiatori, tirando e spingendo le cavalcature, guardavano la cima ancora sgombra e limpida. Ma intorno gli alberi si agitavano, tremavano le foglie, col fruscìo d'una folla aspettante. Scoccò un fulmine e frantumò il sole incerto in un pulviscolo luminoso. Dietro a questo splendettero le felci verdissime, i tronchi grigi e rossastri di certi alberi, e gli abeti diventarono chiari e gemmanti come alberi di palcoscenico. Si vedeva, dal fondo delle valli, la gente che si affrettava per i fianchi del monte, e i musi delle bestie nere tesi dietro una cavezza invisibile. Ma poi il sole si velò, la montagna si mise a vociare, mentre da ogni piega si buttava giù fragoroso un rivo d'acqua torbida. L'acqua si mise a scrosciare interminabile, frustata dai fulmini, ne era piena ogni accidenza della terra. La nuvola larga calata sulla montagna la stacciava furiosamente all'ingiro, si allungava a sorvegliare il torrente che andava verso il mare, preso da una fretta disperata. Le prospettive false create dai baleni e dagli strappi improvvisi delle nubi simulavano regni lontani e profondi. I viandanti che dovevano risalire il versante, e che erano molti perché tornavano da una festa, non si videro più. Per fortuna ci sono le caverne e i ripari dei pastori erranti in montagna.

Un viaggiatore che tirava nella tempesta una mula, apparve su un poggiolo del monte, in un fumoso splendore d'incendio. Legò a un albero la bestia che si mise a odorare il cielo col muso a imbuto, compagno delle proboscidi lunghe delle nubi su lei. L'uomo si cacciò in una capanna carponi. Ora sentiva la pioggia sullo strame del ricovero come se si fosse chetata, e anzi con un sentimento di piacevole monotonia. Chiuse la porta di assi imbottite di felci, ma in quel momento scorse nel fondo scuro una forma umana. «Che bella avventura, eh?». Gracile gli rispose una voce di donna: «Eh già!». Un vago profumo si sentì nella capanna. «Come? Come? Vi siete trovata sola in montagna, con questo tempo?». «Non sono sola. Sono scappati gli animali che ci portavano me e mio padre; ora li cercano, ma non so se ritroveranno questo punto o se abbiano riparato altrove. Quando piove non si capisce più niente in montagna». Ella balbettava queste parole, accovacciata nel fondo, e si sentiva che era assalita da lunghi brividi. L'uomo si tolse il mantello e gliel'offrì. La donna tese una mano, lo prese, se lo accomodò addosso. L'uomo si tirò su i risvolti della giacca. «Speriamo che non duri molto. Del resto, è un temporale d'autunno. Sono due anni che fa così dopo la festa. L'anno passato ci perse la vita una donna con le sue creature». «Poveretta!».

Si sentiva ora ostinarsi la pioggia e mutar suono poiché picchiava sul terreno divenuto molle; così il mondo sembrava essersi rattrappito, e null'altro che una pozza d'acqua. Si allontanarono di gran carriera i tuoni e i lampi, come arrugginiti dall'umidore. La donna guardava coi suoi occhi febbrili fuori del mantello. Calò la sera in rapido spegnersi, venne la notte. Erano stati zitti, col pensiero teso al rumore dell'acqua, poi questo fu un ritmo uguale e perpetuo; allora poterono parlare. Ma quando l'uomo disse: «Ci toccherà passare la notte qui dentro», batteva i denti pel freddo. «E quella povera bestia là fuori!», aggiunse. Le parole gli si allungavano fra i denti, e come una ruota in movimento non riusciva a fermarle. Allora la donna osservò dall'angolo buio e caldo in cui stava: «Mi dispiace che abbiate a soffrire per me senza mantello». Pareva che volesse dire di più, ma tacque. Nel buio egli la vedeva come un chiaro alone che immaginava caldo. Poi non vide più nulla, chiuse gli occhi, gli sembrò di galleggiare su un fiume, batteva i denti in un sonno pesante da cui non riusciva a destarsi malgrado ogni sforzo. Poi gli pareva di aggirarsi in una prigione oscura; gli buttavano secchi d'acqua sulle gambe; intorno a lui ridevano; vedeva, da una finestra, danzare e suonare gente, perché si trovava di nuovo nella festa. Riusciva a evadere dalla prigione, si trovava nella chiesa, il caldo della folla lo confortava, sentiva un odore d'incenso, stava bene.

Questa impressione lo tolse dal torpore come il gelo al fuoco. Riuscì ad aprire gli occhi, e allora capì che veramente stava caldo; si trovò coperto da un lembo del mantello, si ricordò della donna, allungò la mano e sentì un braccio di lei. Gli parve che ella facesse uno sforzo per non ritrarsi, e fingesse di dormire; si scaldò come a un fuoco solare nella piega del suo braccio, nell'incontro fra braccio e seno. Si ritrasse. Era cessata la pioggia, si era scatenato da tutti gli antri della montagna il vento, e pareva che i massi e le rocce, che hanno atteggiamenti umani, si lamentassero in coro nella notte in cui si credevano soli. L'uomo domandò, come si fa coi dormienti, che sembra di interrogarli per carpir loro un segreto: «Dormite?». Ella rispose di no. «Di dove siete?». Ella disse il nome d'un paese. «Anch'io sono di là. Allora vi devo conoscere: come vi chiamate?». «Immacolata». «Quale Immacolata?». Ella scandì: «Immacolata Strano». «Ah! siete voi! Io vi ho veduta quando eravate piccola, e poi soltanto intravista. Neanche questa notte vi vedo. Lo sapete che siamo nemici con la vostra famiglia? Io sono Filippo Ligo». La donna taceva. «Sono vent'anni che le nostre famiglie non si parlano. Da quando noi eravamo ragazzi. Che brutta cosa, fra gente dello stesso paese, e quasi parenti, essere nemici così. Non è vero?». «Io che ne so? Io sono una donna». «Ho sentito parlare molto di voi». «Dove sarà andato mio padre?». «Con questo vento è impossibile camminare. Avete per caso paura di me?». «Io non ho paura di nessuno». «Quando si è nemici», aggiunse l'uomo, «si pensa spesso al nemico. Non è vero? Uno immagina quello che c'è fra le mura proibite, come un altro mondo».

L'uomo si ricordava ora di averla toccata, di averne sentito il tepore, con un'impressione che gli durava come una risonanza. «Siete stata molto gentile, a coprirmi con un lembo del mantello. Credo che sarei morto di freddo. Forse ho dormito per molto tempo. Vi ringrazio». Ella gli porse il mantello senza replicare. L'uomo lo sentì fra le mani come una cosa viva; caldo ancora di lei, d'un tepore di sonno; voleva rifiutarlo ma vi si avvolgeva intanto, fino a che gli riuscì di strapparselo di dosso rabbrividendo come uscito da un tepido bagno. «Fate questo perché siamo nemici? Tenetelo voi». Senza volerlo sentì la sua scarpetta fra le mani. Era come se l'attesa di qualche cosa lo sconvolgesse, e i suoi pensieri si buttavano verso di lei come i fiumi che corrono fatalmente verso il mare. «Eppure», aggiunse, «quante cose strane capitano al mondo!». Gli pareva di soffocare, e improvvisamente, come un malato che sente di che ha bisogno per guarire. Batteva dentro di lui il sangue con un ritmo di martello sull'incudine, e faceva un rumore assordante. Ora sentiva la notte come un profondo ribollire di elementi. Disse: «Ho fatto male a toccarvi, ma non volevo». La donna si era chiusa in un silenzio di agguato. Come per tranquillarsi, l'uomo cercò impaziente i fiammiferi, provò ad accenderne uno, bagnati com'erano. Finalmente vi riuscì. Mentre aveva parlato, gli era parso che la sua voce fosse caduta nella voragine della notte, e non che con qualcuno parlasse, ma con un'apparizione; ora, al lume di quel fiammifero, vide gli occhi di lei cupi e gravi, ed ebbe l'idea irragionevole che quella tenesse un pugnale sotto il giubbetto. Vederla in faccia lo calmò. Il vento cadeva come una vela floscia; pensarono tutti e due: «Fra poco spunta l'alba».

Quando ella carponi spalancò la porta, il mondo comparve in un colore cinereo, fra la disperazione degli alberi protesi verso oriente, in attesa della nuova luce. Le stelle ardevano ancora come le ultime braci d'un fuoco. La donna si preparava a uscire, ma l'uomo supplicava: «Non andate via. Aspettate ancora». Ella sedette sulla soglia a torcersi le trecce umide e a riavvolgersele intorno alla testa. L'uomo accanto a lei fece: «Sentite...», e si trovarono vicini, si videro negli occhi, non si videro più, si baciavano lentamente col rumore della pioggia che sgronda dai tetti dopo il temporale. Ma per poco che si guardarono, si ritrovarono occhi disperati. Ella cominciò a dare pugni e graffi, l'uomo rideva stupidamente. La vide correre all'impazzata con le trecce sulle spalle, fermarsi su un ripiano del monte, alto contro il cielo, e guardarlo. Poi ridiscendeva lentamente: «Ma che devo fare? Ma che devo fare? Lasciatemi andar via». Era divenuta umile e sottomessa. Ora si trovavano legati insieme da un laccio invisibile, volevano fuggirsi e si avvicinavano, eccoli uno accanto all'altra, uguali di statura, ridotti alla più elementare espressione del mondo: un uomo e una donna, e nient'altro; uno attento all'altro come se si fossero rubata reciprocamente qualche cosa. Ella disse rabbrividendo: «Se ci vede mio padre...». Egli aprì le mani: «Vuoi andar via? Sei ancora in tempo. Va'». Ma ella non fuggiva. «È destino». Si torceva le mani: «Dove andiamo?».

«Sali», egli disse porgendole il braccio per aiutarla a saltargli in grembo, mentre stava a cavalcioni sulla mula. L'animale risaliva faticosamente la montagna. Il sole lanciò un raggio caldo come un buon liquore. Le loro ombre larghe e rosee si ritagliavano nel colore dell'alba, viaggiavano stampate sul terreno; sembrava che l'avesse rubata; l'ambio della cavalcatura era monotono come una culla. «Tienti forte e non guardare perché ora si rasenta il precipizio». Difatti esso si aprì col colore dei dirupi, e il ruscello che correva col suo trito chioccolare nel fondo. Egli, tenendola stretta, giocava con le dita sulla cintura di lei. «Dove andiamo? Non andremo al paese, certo». «No, cercheremo un posto lontano». Non pensavano che si potevano lasciare. Sembrava che qualcuno alle loro spalle li scacciasse da un regno felice, incontro a un dolore sconosciuto, ma che finalmente questa era la felicità. Come per darle valore, ella osservò: «Se mio padre ci trova, ci ammazza».

Cata dorme

A diciotto anni, con un mio compagno, per ragioni diverse, decidemmo di evadere dalla città dove ci avevano mandato a studiare, io perché troppo povero, lui perché, di famiglia agiata, trovava meno comoda la città che il nostro borgo dove aveva servi e poderi. Scomparire dalla pensione, prendere un biglietto di terza classe, partire con lo stupore di trovare i treni alla stazione, quasi che ci fosse proibito durante l'anno e ci fosse permesso salire soltanto a esami finiti, fu una cosa pazza più forte di noi. Infilammo a piedi poi la nostra strada, come un pensiero consueto, sentimmo la voce del fiume improvvisa e assidua fra i canneti. Sull'albero abbattuto a guisa di ponte lo traversammo, ci ritrovammo in prossimità dei giardini, e ci venne l'idea di cacciarci in uno di essi e di staccare qualche arancio dagli alberi. Stavano, questi, carichi e gonfi nella luce della luna, e quando li staccammo, i frutti erano come vivi, impressione non provata da un pezzo. Sbucciandoli per istrada ci dicevamo: «Perbacco, queste sono le arance buone e non quelle che ci davano alla pensione». «Ma insomma, che cosa diremo a chi ci vede tornare ora?». «Io», rispose il mio compagno, «dirò che non voglio stare in città perché si sta male, e si mangia male». «Ma io non posso dire lo stesso perché non sono ricco», replicai pensieroso. «Posso dire piuttosto che non posso più starci perché mi fa male, perché mi duole la testa, perché a questa vita dei libri non ci sono nato. Perché voglio fare il contadino e la terra mi piace di più». Ci eravamo dette queste cose un centinaio di volte, e ce

151

le ripetevamo per farci coraggio. Ma a mano a mano che rivedevo gli aspetti noti della mia terra mi mancava l'animo e facevo uno sforzo a proseguire. A un certo punto suggerii: «Del resto potremmo fare una cosa: rimanere un poco per le campagne, andare a visitare i pastori, vedere gente nei giardini e negli orti, vivere di qua e di là, forse troviamo la fortuna. O magari, dopo esserci svagati, tornare in città». «Io non voglio più tornare indietro», disse il mio compagno ostinatamente.

Erravamo di qua e di là, proprio come chi non vuole arrivare mai. Dagli orti i contadini si erano ritirati nelle loro case dell'abitato e non c'era anima viva intorno. Soltanto un gufo scandiva nell'aria notturna le sue risposte a qualche interrogatore. Avevamo risalito il poggio, e il paese ci si parò davanti divenuto color d'argento nella luce lunare. Siccome avevamo gli occhi esercitati, distinguemmo una casa di più, due case, e le nostre case e le nostre finestre, dove ci pareva distinguere l'ombra della mamma, di quando ci salutava alla nostra partenza. Ecco dunque che ci veniva a mente la mamma. Forse pensavamo la stessa cosa perché andavamo mogi come cani picchiati. Ci sedemmo su un sasso come per riordinare i nostri pensieri. «La questione», dissi io, «è che mio padre mi picchierà. Io con lui non ci posso restare. Mi picchierà tutti i giorni. Se torno a casa così si metterà a ricordarmelo tutti i giorni mentre mangio, e la roba mi va di traverso. Poi mi picchia con tutte e due le mani, e io mi butto in terra sulle mani e sui piedi come un cane. Poi mi picchia con la cinghia di cuoio e mi fa molto male». Già mi ero spaventato, e non sarei andato più avanti, se non fosse stato per seguire il mio compagno, secondo la parola data. «E poi», aggiunsi, «mia madre non mi difende più come una volta. Prima mi difendeva sempre, ma ora è anche lei un poco invecchiata e dà ragione sempre a mio padre, mentre prima non gliela dava mai. Devi figurarti che una volta mio padre mi ha sputato in faccia». Ancora feci l'atto di asciugarmi. Avevamo ripreso il cammino. Traversammo un campo verde, di un verde aereo, e io dissi teneramente: «Lo vedi il lino?». Si

152

vedevano i fiori azzurri, come grigi nella notte. Era il mese di marzo, chiaro e duro come il vetro. «Giulio», mi disse il mio compagno, «tu non hai coraggio».

«Io dico una cosa», suggerii dopo un poco: «facciamo una sosta in casa della Cata e là decidiamo quello che si ha da fare. Te la ricordi la Cata?». «Se me la ricordo!», disse il mio compagno messo di buon umore. «Io credevo che tu non c. avessi mai fatto caso a lei». «Chi non è stato innamorato della Cata?», disse tranquillamente e naturalmente il mio compagno. «Tutti, credo, quelli della nostra età, e non soltanto quelli. C'è chi ci è morto o è andato in carcere per lei. È la più bella donna di qui. E poi non invecchia mai. Io me la ricordo sempre allo stesso modo, con la stessa faccia. È piccola, è giovane, è lucente come una statuina di porcellana». Da ragazzo io cercavo di sorprenderla sempre e di farle paura, e certe volte le cascavo davanti quando meno se l'aspettava, saltando giù da un albero, sbucando da una fratta, e le gridavo: «Ohè, Cata!». Ella rideva; una volta riuscì ad acchiapparmi e mi baciò. Mi baciò sulla bocca. Io non aspettai neppure che si voltasse perché mi asciugai subito le labbra, anzi me le asciugai anche di dentro, come fosse una cosa disgustosa. Ella si mise a ridere come chi vede un infante assaporare un frutto nuovo per la prima volta, che non se gli piace. Mi ricordai poi sempre di questo fatto, quel bacio poi me lo sognai la notte. Uno deve saperle, certe cose, e allora io non sapevo niente. «È una buona idea. Se la Cata ci lascia stare con lei, e ci nasconde per qualche giorno. Si diffonde la voce che siamo scomparsi dalla città, ci cercheranno e poi noi salteremo fuori e nessuno ci picchierà. Purché la Cata ci lasci». Con questa donna in mezzo, tutto ci sembrava più facile, noi saremmo vissuti nella casa al limitare del bosco per qualche giorno, e la nostra avventura prendeva subitamente un'altra piega impensata. Io domandai: «Ci restiamo tutti e due?». Il mio compagno rimase un poco sovrappensiero. Un piccolo pensiero che non ci dicevamo, che non riuscivamo neppure a formulare, si frappose in mezzo a noi. Io aggiunsi arrossendo: «Ma forse la Cata riderà di noi perché siamo ancora ragazzi. Gente forte e cattiva ci vuole per lei». «O perché mai?».

Un cane si mise a uggiolare insistente, ci venne incontro, ci girava intorno. «Qui è la Cata», dissi io. Mi misi a tossire perché mi batteva forte il cuore. Traversammo il campo seminato badando di non pestare il grano che nella luce lunare era come un'acqua verde, arrivammo davanti alla sua porta. Era socchiusa, e ci parve naturale, come avevamo spesso pensato nelle nostre fantasticherie intorno a lei. L'aprimmo con una spinta.

La stanza era immersa nella penombra. Un lume ardeva posato in terra, accanto allo stipite della porta, e ne sottolineava gl'interstizi. Sembrava che non vi fosse nessuno, e per un poco rimanemmo a guardare quello che era nel raggio del lume; una grossa farfalla picchiava forte contro il soffitto. Fummo stupiti di notare, nella penombra, gli stessi oggetti che sono in tutte le case delle donne del popolo: un arcolaio con una matassa di lana viola, altre matasse di lana tinte da poco e stese ad asciugare, e, disposti lungo la parete, i mazzi gialli di granoturco. L'orcio di creta, panciuto, mi parve avesse all'imboccatura una traccia dorata, quella delle sue labbra che vi avevano tante volte bevuto. L'ombra formava a un certo punto come una barriera, ed era un altro mondo in cui era audace guardare. Qua era un letto grande, disteso pazientemente, e su di esso una forma di donna, come un cammeo su una materia scabrosa, posava prona sul ventre, non del tutto spogliata, come se fosse caduta addormentata mentre si preparava ad andare a letto, in uno di quei colpi di sonno dell'infanzia. Ci accorgemmo che camminavamo in punta di piedi, e ci soffiammo sorridendo: «Dorme». Le nostre ombre, proiettate dal lume basso si stamparono sulla parete, la luce arrivava al letto di striscio, con una diffusa trasparenza, come di un'acqua luminosa, e quella parte della stanza aveva una luce di acquario. Cata dormiva bocconi, con la fronte poggiata a un braccio, che era riuscita ad adattarsi mentre le prendeva il sonno, e con l'altro braccio sulla schiena, legato al polso ancora un indumento, che evidentemente si stava togliendo, e che ora le faceva da velo. Era ancora con un piede nudo sul pavimento, di traverso sul letto. Ella occupava uno spazio grandissimo nella notte e nella nostra fantasia: volgendoci un poco a guardarci intorno, tutte le cose ci parevano nobilitate, artificiali quasi, simboli della vita di tutti i giorni; i lini e le stoffe azzurre e rosa erano disposti ai suoi piedi come colori, e fuor di essi si svolgeva il lusso delle sue membra d'avorio. Noi eravamo abituati a considerare la sua bellezza come un viso perfetto su un informe di panni comuni, e ora ci pareva di sorprendere una nobiltà nascosta e vergognosa nella finezza della linea delle sue spalle, nella posa del braccio, nel lusso dei fianchi. L'ombra bruna della nuca, fra i capelli che vi si addensavano, era la macchia del sole e degli inverni, e degli sguardi degli uomini. Il suo corpo disteso, il silenzio, la notte, la terra senza sospetto nel primo fermento della primavera, erano strani complici, ed ella somigliava nella sua architettura ai prati e ai monti distesi all'infinito. Istintivamente chiudemmo la porta, e mormorammo quasi per non destarla: «Cata». Ella avrebbe sollevato il viso, e coi suoi occhi simili a scarabei mi avrebbe guardato ridendo e dicendomi: «Oh, Giulio, come sei cresciuto!».

Mi avvicinai in punta di piedi, ripetevo il suo nome presso la conchiglia piccola della sua orecchia. Le dissi, come per coprire uno spazio musicale: «Sei stanca?». Il mio compagno guardava cupidamente, staccò qualche passo; ma prima che egli si accostasse io mi chinai sul collo della dormiente. Vidi il mio compagno arretrare; con un movimento istintivo mi portai la mano alle labbra: mi accorsi allora che la donna giaceva su un rivo di sangue, come se lo ascoltasse spicciare lento fuori dal suo petto.

La luna al tramonto ci accolse sulla strada in un crepuscolo di morte del mondo. Corremmo verso il fiume, io mi lavai le mani e il viso. «È scomparso?», domandavo al mio compagno che mi scrutava. Non facemmo una parola di Cata, neppure per domandarci chi poteva averla uccisa. Ci pareva che fosse finita coi sogni della nostra infanzia, e che nel borgo natìo, dopo la sua scomparsa, non fosse rimasto più nulla di bello.

Più tardi, finita la notte, svegliandoci in una capanna: «Peccato», diceva il mio compagno, «peccato!». «Che cosa?». «Non aver conosciuto la Cata. Era bellissima». Riprendemmo la strada dirigendoci verso i paesi della marina.

Ventiquattr'ore

Intorno alla città non crescevano l'erbe che sono tanto buone per chi le ha mangiate da ragazzo; per esempio il cardo selvatico dal sapore dolceamaro e fibroso; era tutta un'erba setolosa, ingiallita ancora dal gelo invernale, a ciuffi radi. I tre amici si ricordavano di queste erbe, e non soltanto per averle mangiate da ragazzi, ma per averle trovate anche da soldati, nei riposi delle lunghe marce, in campagna. Tutto era cambiato in terra straniera. La terra intorno alla città bassa in pianura era sconvolta come in prossimità d'una guerra, e le poche piante che qualcuno vi aveva messo, si vedeva, nei rettangoli di terra smossa, erano gelate e ridotte come vecchie cartacce. Erano tre compagni che andavano a cercar mondo, non sapevano perché: a un certo punto della loro vita si erano trovati su strade che non avevano mai immaginato, in paesi non loro, e vi si aggiravano come in un labirinto. Nessuno di loro, credo, era nato per stare lontano dalla sua terra, e tutti e tre si volevano far coraggio; ma tutti e tre avevano una ragione segreta che non si raccontavano. La ragione generica era quella di cercar fortuna; ma alle origini ve ne doveva essere una assai più profonda, che essi non si dicevano, ma che intuivano, perché a queste cose pensavano continuamente, ed era impossibile che stando insieme non lasciassero trapelare nulla. Di tutto, infatti, parlavano, meno che delle ragioni del loro vagabondare, quando, bene o male, al loro paese, bastava poco per vivere. I loro discorsi erano mal legati uno all'altro: discorrevano, ma senza mai rispondersi, seguendo ognuno le sue idee, dicendo ognuno quello che gli cuoceva dentro.

Abbastanza forte, quadrato, pallido e grigio, il più grande di loro, il Ferro, non parlava che di donne. Le scovava dappertutto, le notava lui per primo, e i due compagni non facevano in tempo a posar gli occhi dove lui posava i suoi, ché altre egli ne suscitava soltanto a guardare. L'altro, il Borriello, invece, un giovane magro e scarno, pensava sempre a quello che avrebbe mangiato più volentieri, e descriveva qualche piatto del suo paese con compiacimento. Aveva le labbra molto rosse, il riso bianco, e il viso giovane segnato di molte rughe, specialmente attorno alla bocca. In mezzo a loro, più piccolo di statura, con le mani in tasca, col passo di chi ha camminato troppo nella sua vita, il Mandorla, non diceva che rare parole. Ora l'uno ora l'altro degli amici gli metteva la mano sul braccio, e camminava un poco al passo con lui. Sebbene il più insignificante della compagnia, il Mandorla rappresentava un oggetto di disputa, perché, come accade, ognuno dei due lo voleva amico per sé; aveva gli occhi sempre un po' gonfi e rossi: le lagrime gli venivano e gli tornavano indietro come al Borriello la saliva. Il suo pensiero fisso, per quanto lo nascondesse, era sempre quello della moglie. «Capisci», diceva, «che una donna, quando ti tradisce, tu te ne accorgi anche se nessuno ti ha detto nulla. Te ne accorgi da certe cose, per esempio...». Gli altri due si guardavano malignamente di sopra la sua testa china. Poi uno, con una voce curiosa ma trattenuta, domandava: «Per esempio?». «Ti bacia in un altro modo, e si sente che c'è qualche cosa di nuovo. Ella giuoca come se tu non dovessi capire, e tu hai capito, invece! E intanto non sai che cosa fare; che cosa vuoi fare? La vuoi uccidere?». «Naturalmente. Ucciderla». «Ma se l'hai amata, come la uccidi? Non ti riesce. Ti dici sempre: "Domani, domani la ucciderò"; e questo domani non viene mai. E poi, io non potrei, perché penserei sempre di averla uccisa. Tu l'ammazzi, è lì stesa, le domandi qualche cosa e non ti può più rispondere. È impossibile». Ora non poteva più parlare, e guardava in alto, come i bambini quando piangono, e per distrarli si dice loro di guardare l'uccellino che vola.

La città cominciava bassa e sterile, con le sue piazzette, le sue case modeste, i tranvai che vi sbucavano all'improvviso come se vi arrivassero la prima volta, festosamente. Crepitavano i vetri illuminati delle fabbriche. Stranamente gli edifici enormi sembravano sprofondare in un umo antico, obliquandosi un poco. Gli autobus irrompevano con le loro forme nuove, verniciati di fresco, come se avessero sbagliata la strada, raccattando i passeggieri frettolosi per puro caso. Il Borriello si fermava a leggere, sulla soglia dei ristoranti, la carta delle pietanze. Il Ferro profittava per dare un'occhiata, attraverso i vetri, alle donne intente alle faccende, o a quelle che si affacciavano dall'alto, al terzo e al quarto piano, a scuotere gli strofinacci, mentre il Mandorla, a capo chino, ripeteva: «Sbrighiamoci, sbrighiamoci, che stiamo a fare qui?». «E che andiamo a fare in un altro posto? Noi non abbiamo da far nulla né qui né più lontano». Il Borriello si passava una mano sul labbro inferiore, come se avesse dimenticato qualche cosa nel fondo della memoria, poi si volgeva per domandare: «Ti piacciono i fegatini?». Tutti e tre riprendevano la strada senza più parole; solo il Ferro, davanti a una donna piuttosto piena, che passava con la rete della spesa, ripeteva: «Ecco una donna che farebbe per me». Le strade, dopo il primo affollamento mattutino, diventavanò improvvisamente deserte. I fischi delle sirene si destavano di botto, sotto i ponti di ferro delle metropolitane scoppi improvvisi facevano volgere il capo ai passanti e ponevano un punto fermo al movimento che poi riprendeva fluido e felice come dopo un pericolo. La città pareva assestarsi, e intonare i suoi rumori dopo la pausa del sonno: scoppi, scampanellate, fischi, urli di trombe, si rispondevano prima che il rombo della vita piena li riunisse in un solo accordo. Gli uomini guardavano inferociti dall'alto delle vetture, tesi a quei rumori come cavalli alle frustate. Il Borriello si fermò davanti a un cartellone esposto nella vetrina di un venditore di tabacchi: «Quanto mi è antipatico questo tale. Non lo posso sopportare». Era l'immagine di un uomo che fumava con compiacimento un grossissimo sigaro: i baffi ben arricciati, i capelli biondi spartiti sulla fronte, e un vago sorriso di delizia: era l'immagine di tutti

161

gli uomini della città ridotti a una sola apparenza. Improvvisamente, passato un ponte di ferro su cui un treno fissava l'immagine infantile d'una partenza, la città si raccoglieva in un quartiere desolato. All'asfalto lucido succedeva un acciottolato sconnesso, e i lampioni miseri del gaz ricordavano le notti paurose. Cominciò a soffiare un vento gelido, mentre nubi grigie e ovattate si accumulavano pel cielo, e il sole le traversava da un punto all'altro dell'orizzonte, rapido, pareva, come una bomba. «E adesso?». Adesso tornava alla mente di tutti e tre un proposito fatto qualche tempo prima, mai messo in esecuzione, e che li riprendeva tutte le volte che si ritrovavano insieme, e in una condizione come quella.

Un uomo tardo e pensieroso, con una borsa sotto il braccio, li rasentò senza far caso a loro: portava i pantaloni a scacchi bianchi e neri, un tubino sulla testa che si ampliava sul collo e sulla nuca; le scarpe grosse avevano una rappezzatura evidente, tutte e due dalla parte piena di ciascun piede. I tre amici si guardarono sorridendo vagamente, come se fossero delusi. «Io dico che certe volte sono proprio queste le persone che hanno i denari. Lo sai come fa la gente in questo paese, che quando va a lavorare non bada come è vestita», diceva il Borriello. Il Ferro rispose con disprezzo: «Se noialtri aspettiamo che passi di qui la gente ricca, ci staremo un bel pezzo. Chi volete che passi da queste parti? Bisogna andare dove sta la gente». «Che ne sai, tu? Invece io dico che proprio qui c'è da fare, invece. E poi, perché devi andare a cercare i gran signori? Quelli vanno in automobile, e acchiappali. Anche per fare queste cose ci vogliono dei denari, potersi presentare, potersi aggirare fra la gente. Chi vuoi invece che dia un soldo di credito a quello là?». Il Borriello indicava il Mandorla il quale si volse appena con uno sguardo rassegnato, come dire che lo sapeva di essere oggetto di scherno, ma che anche lui aveva il cuore di un uomo. Ma poi non si tenne e disse: «Tu te la prendi con me perché sei un povero imbecille. In generale diventi insolente quando hai mangiato e sei a pancia piena. Invece, oggi...». Il Borriello arrossì e si grattava la guancia come se avesse ricevuto uno schiaffo. «Eccone una», disse il Ferro. Una donna veniva avanti, con una grossa borsa in mano, alta e rossa in faccia; ciocche di capelli grigi le uscivano di sotto il cappello. Quando fu davanti a loro si fermò come presa da un'idea, aprì la borsa, trasse un piccolo involto che si mise a scartare diligentemente, ne cavò delicatamente un panino e si mise a morderlo, guardandolo di quando in quando come se avesse paura di avergli fatto male. «Stiamo bene, ragazzi, questo è un quartiere di straccioni». Il Borriello era divenuto improvvisamente triste e muto. Il Mandorla mormorò: «Ma se non lo abbiamo fatto mai di... perché dobbiamo farlo adesso? Aspettiamo fino a che non abbiamo trovato lavoro. Tanto non è mestiere nostro, questo». Ma il Borriello volse di botto il capo verso i suoi compagni, tese il dito, e storcendo la bocca in segno d'intesa annunziava che c'era qualche cosa di nuovo.

Un prete, abbastanza grave e solenne, di quelli che s'incontrano nei paesi cattolici, sbucava fra un arco e l'altro del ponte, reggendosi con la mano destra la sottana sul ginocchio destro, con un gesto evidentemente abituale. Il suo abito nero di lustrino aveva dei riflessi d'acciaio che in quella sudiceria di fumo e di polvere, pareva candore addirittura. Ma quello che dava un'improvviso senso di lusso alla sua apparizione, erano i fiocchi di seta pavonazza che gli pendevano dal capello, e, magnifica, come una nota d'organo in una chiesa deserta, una croce d'oro gli pendeva sul petto, legata a una catena anch'essa d'oro, che gli scendeva di sugli omeri. «Càspita, un vescovo! Ragazzi, è quello che ci voleva». E il Ferro si parò davanti a tutti con la sua persona massiccia. Il prete, come se non guardassero lui, camminava assorto e dritto per la sua strada, e li avrebbe rasentati. Il Ferro mise la mano in tasca come se vi nascondesse un'arma, e non si scosse a un'occhiata che il prete gli diede di tralice, probabilmente senza vederlo. Ma in quella che il Ferro allungava un braccio, il Mandorla glielo afferrò gridando: «Fermo, fermo!». Il prete sorpreso si fermò e guardò or l'uno or l'altro dei tre compagni; il Ferro allungò una gomitata al Mandorla e si accostava al prete che lo guardò con gli occhi di chi capisce di correre un pericolo. Il Mandorla, che era caduto in terra, si mise a gridare come un forsennato: «Non lo toccare perché quello è uno del mio paese. Quello lo conosco, mi conosce, è monsignor Fratta». Poi, sollevandosi, si mise a dire: «Scusate tanto, monsignore mio, se vi abbiamo fatto paura. Mi riconoscete? Che state a fare da queste parti? Guarda un po' dove ci si ritrova. Vi ricordate di me?». Il sacerdote mise avanti la mano aperta, con quel gesto familiare con cui i preti accolgono e tengono a distanza le persone, dicendo: «Tu sei...». «Il Mandorla, sissignore; come ve ne ricordate! Come va al paese? E mia moglie, l'avete veduta? Questo è un monsignore del mio paese. Questo lo proteggo io, e non si tocca. I paesani non si toccano. Non è mica un estraneo, lui. Lui è dei nostri. Dateci una benedizione per noialtri tre, monsignore caro, una benedizione per noialtri soli, e che la Madonna bella ci protegga». Il prete, come davanti a una pratica solita, alzò il palmo della mano per benedirli. Il Mandorla gli volle assolutamente baciare l'anello, e risentì quella mano morbida che una volta, alla cresima, gli aveva sfiorate le guance. Gli altri due stavano ad ascoltare, con le mani nelle tasche, scambiandosi sguardi di delusione, ma alla fine si levarono la berretta e, sorpresi del loro stesso atto, si misero imbarazzati a grattarsi il ciuffo.

«Figlioli», disse il prete con l'aria più candida del mondo, «figlioli miei, se avete bisogno di qualche cosa io sono qui. Intanto rimarrete a colazione con me oggi, in un luogo dove troverete molta gente delle nostre parti». «Questi», disse il Mandorla accennando ai due compagni, «non sono del nostro paese, ma di un paese vicino. Abbiamo fatto amicizia, ed eccoci qui. Chi lo avrebbe mai detto che ci saremmo incontrati in questo modo e da queste parti? Perché, noialtri, siamo qui a cercar lavoro, e non altro. Noialtri volevamo scherzare, questa mattina; noialtri abbiamo un mestiere, e che il Signore ci aiuti. E voi, monsignore, come mai da queste parti?». Il prete levò gli occhi al cielo: «Stiamo rifabbricando il Santuario della nostra Madonna, e io sono qui a vedere la gente a lei devota, che è tutta quella della nostra religione, se dà qualche cosa per i lavori, perché abbiamo anche in mente di costruire un asilo per i figlioli degli emigranti. Sono venuto, ho parlato, e parlerò. La Madonna gradisce anche quel poco che le possono dare i più poveri. E poi, per un'opera come quella dell'asilo! Chi non vuol bene ai suoi figli?».

«E in questo quartiere? Ma questo è il quartiere dei più poveri». «Profitto per portare le notizie dei loro cari a quelli della diocesi».

Avevano varcato il ponte e si trovavano in un quartiere squallido dove pareva che l'inverno finisse più tardi che negli altri luoghi della città. Il Ferro, indicando su un marciapiede uno di quei disegni fatti col gesso su cui i ragazzi giocano saltando su un solo piede, disse: «Ecco il segno che è arrivata la primavera. I ragazzi cominciano a giocare per le strade». Donne, affacciate alle finestre, avevano facce che pareva di aver conosciuto, perché il Borriello disse: «Sembra di stare al paese». Poi, in un andito scuro il prete spinse una porta, vi lasciò passare i tre amici ed entrò stringendosi il cappello sul petto.

Era uno stanzone sordo, rettangolare, che in fondo si allargava a forma d'imbuto e prendeva luce da un cortile. Alcune tavole allineate e apparecchiate aspettavano i clienti, e su tutto si spandeva la luce e l'odore discreto delle ore che precedono i pasti, quando un lieve brontolìo di attesa fa la cucina attraverso la porta socchiusa. Un pavimento di legno verniciato compattamente di marrone, al muro un orologio che pareva storto, uno specchio per lungo nel fondo, e al cordone della lampada che pendeva nel mezzo, attorcigliato un lungo nastro bianco rosso e verde, di cui si pensava molto tardi che significasse una bandiera. A poco a poco, come se sorgessero da terra, alcuni uomini occuparono i tavolini, e un cameriere vi si aggirò, che era l'immagine di due civiltà: sorrideva con una bocca anglosassone rilevata da due denti d'oro, e guardava con due occhi da italiano. Fu il prete che si levò nel bel mezzo di quella folla intenta a mangiare senza quasi parole, e disse: «Figlioli miei, io vengo dai vostri paesi. C'è nessuno qui che appartenga alla diocesi di...?». Si levarono di scatto una ventina di persone. «Al nostro paese», aggiunse il prete, «il raccolto promette bene e le vigne pure. Pare che sia un'annata straordinaria. Aspettano le notizie degli emigranti e vi pensano sempre. Noialtri preghiamo sempre per voi, che torniate sani e salvi e ricchi. Quest'anno abbiamo avuto la festa del santo patrono, il glorioso san Luca, che è riuscita più bella che negli altri anni. Abbiamo chiamato la banda provinciale a suonare in piazza, e abbiamo fatto i fuochi artificiali del maestro Carbone. Lo conoscete il maestro Carbone, quello che gli manca un braccio? Figuratevi che ha fatto in cielo un disegno di fuoco che rappresentava il vapore che vi deve portare tutti al paese. Abbiamo avuto molti voti, e abbiamo veduto appesi fra le dita del santo, con nastrini di tutti i colori, alcuni biglietti di banca americani, doni vostri, figlioli miei, e io sono qui per ringraziarvi». Fu un sommovimento, un urlìo, una confusione che coprì le parole del prete. Molti avevano lasciati i loro tavoli e si erano accostati per sentirlo meglio, mentre altri, che non erano della regione, rimanevano a guardarlo con la forchetta a mezz'aria o chinavano il capo pensierosi. Fu un coro di domande e di esclamazioni cui il prete rispondeva attentamente, anzi alla fine tirò fuori una carta, e chiamando uno per uno quegli uomini, diceva: «Tua moglie sta bene. Il tuo ragazzo ha già messo l'abito da pastore. Tuo padre, coi soldi che hai mandati, ha buttate le fondamenta della casa». Con le stesse parole rassicurava ognuno, e ciascuno intendeva in quelle parole qualche cosa di diverso per sé solo.

Una porta nel fondo si aprì nel mezzo di questi discorsi, e apparve una donna la quale mosse appena un passo per appoggiarsi alla parete, con le mani dietro la schiena. Improvviso silenzio piombò sull'adunata. Quelli che erano rimasti ai loro posti si curvarono sul piatto, mangiando affrettatamente, altri nascondeva il volto dietro la mano sinistra; quelli che si erano accostati al prete si fecero più piccoli, e chi poté raggiunse la sedia libera che si trovò più vicina. Il prete stesso rimase col braccio a mezz'aria, in un gesto appena abbozzato, corrugò le sopracciglia, puntò gli occhi verso la parete dove campeggiava il volto pallido della donna, in una strana aureola di buio, e disse: «Chi è?». Non c'era dubbio che tutto quel trambusto era accaduto per quella donna, la quale fissava gli occhi limpidi su tutta quella folla insieme e pareva guardare da tutte le parti. I tre amici che accompagnavano il prete erano rimasti in piedi accanto a lui, e soltanto quando qualcuno li tirò per la falda della giacca sedettero. «Ma insomma, che accade?», disse la voce del Ferro. Il cameriere si accostò alla donna e le disse qualche cosa cui ella ubbidì, perché sedette a un tavolo con la testa fra le mani senza più guardare nessuno. Una ciocca di capelli nerissima le traversava la mano piccola e bruna su cui poggiava il capo.

L'assemblea riprese coraggio, ma i discorsi erano sommessi, con un brusio e un chiacchierio discreto in cui si indovinavano mille: chi è, e che cosa è successo. Il prete stesso sedette, come scampato a un pericolo di cui non si era reso conto, e gli fu spiegato di che cosa si trattava. Questa donna, venuta da un paese della Calabria, raminga dietro un suo amore, aveva rivelato una qualità che di sorpresa le tornava in alcuni periodi della sua vita, dicevano ad ogni mutamento di stagione: in tali momenti era presa dai brividi, si sconvolgeva tutta, si copriva di sudor diaccio, si morsicava le mani, i capelli le si levavano sul capo dritti come serpi, i suoi occhi divenivano di vetro; indicava un uomo in mezzo alla folla, e diceva: "Quello!". Che cosa accadeva? La prima volta che fece questa designazione, al suo paese, dopo la fuga del suo amante, l'uomo che ella aveva indicato morì entro le ventiquattr'ore. Da allora, lo stesso fatto ebbe a ripetersi alcune volte, ma le dicerie degli uomini aumentavano inverosimilmente il numero di questi avvenimenti. Ella poi, abbandonata da tutti, naturalmente, aveva errato in diverse contrade, cacciata di paese in paese, e in ultimo, si decise a passare il mare, per venire dove il suo amante aveva trovato rifugio. Il suo arrivo era stato segnalato nelle lettere di tutti gli emigranti, e dal paese partirono le più paurose raccomandazioni di guardarsi da lei. Ma nessuno aveva il coraggio di cacciarla quando si presentava in qualche luogo, temendo per se stesso, quasi che ella potesse disporre del destino, e siccome preferiva i luoghi frequentati da persone della sua stessa terra, vi appariva come un castigo, come la grandine nelle campagne e le folgori nei boschi. Era bellissima, di struttura perfetta, dalle spalle ben larghe alle braccia·lunghe, al piede sottile e forte. La testa piccola, dal profilo diritto, inverosimilmente piccola e giusta su un corpo tanto complesso, era tutta fissata negli occhi grigi, che le lunghe ciglia circondavano d'un'ombra come d'un velo, fra cui lo smalto bianco dell'occhio balenava duro e sibillino. La pupilla sembrava staccarsi e roteare come un astro, e i capelli bui e compatti facevano risaltare la pelle dorata della fronte e del viso.

Quando il prete ebbe sentite le cose che si dicevano di costei, e ad ogni frase la guardava come per accertarsi che fosse lei, fino a che non guardò più, si batté la mano sulla fronte esclamando: «Ma sì, me la ricordo, la conosco fin da piccola, quando veniva alla dottrina». Anche gli altri tre amici la sapevano per fama, e si guardarono fra di loro come dire: "In che bel mondo siamo capitati". Ma il cameriere che su un cenno del prete portò loro una pietanza, li distrasse, ed essi si misero a divorare a gara, tra occhiate di soddisfazione e di timore. Era chiaro che tutti si affrettavano a terminare il pasto senza volersene dar l'aria, presi alle spalle da un nemico minaccioso, e di fronte il cibo che è così buono a chi ne ha poco. Brevi ondeggiamenti rispondevano ai più piccoli moti di quella donna, mentre verso la porta i tavoli si sgomberavano. Qualcuno che entrava in quel momento, inconscio del pericolo, si guardava attorno ed era guardato, come un attore distratto che nel colmo di un dramma traversi il palcoscenico credendo di aggirarsi ancora fra le quinte. La donna si volse a un tratto, forse richiamata dal silenzio improvviso che si era fatto, si fissò sul gruppo del prete e dei tre amici, disse qualche cosa in un linguaggio che parve a tutti una misteriosa accozzaglia di sillabe, puntò il dito. Il prete e i tre compagni, come colpiti da una fucilata a tradimento, portarono la mano al petto. «A chi ha detto?», domandò qualcuno. Questa domanda parve tranquillare il prete e i suoi amici. La donna invece si stava accostando con lo sguardo fisso, la mano levata, e un vago sorriso che le storceva l'angolo della bocca. Come se una bomba fosse scoppiata nel mezzo dell'adunata, la sala si sgomberò mezza. Uno, tirando per un lembo della veste la donna, le domandò: «A chi avete detto?». Ma non ebbe risposta. Nella confusione, il gruppo dei tre compagni col prete scomparve, la sala si vuotò in un baleno, si sentì il ticchettio dell'orologio come se si fosse destato e cercasse di coprire con la sua voce quella solitudine e quel silenzio. La donna si passò la mano sulla fronte e tornò al suo tavolino, intenta a finire la sua pietanza. La luce della finestra la investì a un certo punto del suo tragitto, ed ella apparve enorme, con la sua ombra nera che toccava il soffitto; la luce sottolineava i solchi che si era fatti con le unghie sulla guancia, paralleli come un tatuaggio.

Nella strada la compagnia si disperse; ma più in là sull'altro marciapiede, si formò un gruppo di curiosi intorno al prete e ai tre compagni. Molti passanti credettero trattarsi di persone che avessero rischiato di essere travolte da un'automobile. Essi infatti avevano tirati fuori i fazzoletti, e asciugandosi il freddo sudore che li imperlava, pareva che nascondessero una macchia di sangue. Un uomo piccolo e gramo, con due sopracciglia nere e forti intorno agli occhietti socchiusi, domandò: «A chi ha detto di voialtri tre?». Il Ferro si volse inviperito: «A chi vuoi che abbia detto? La vuoi smettere, uccello di malaugurio? La vuoi finire? Vuoi che ti prenda a pugni?». Lo aveva preso per i risvolti della giacca e lo scuoteva come un sacco vuoto. L'altro non opponeva resistenza, solo si tirava un poco indietro, come per toccarlo il meno possibile; poi, quando il Ferro lo lasciò, l'omino si rassettò, si allontanò con un vago sorriso canzonatorio che era la sua vendetta. Il Ferro lo seguì con gli occhi fino a che non lo vide svoltare strada, e intanto brontolava che quello non era modo, che la gente a sentir parlare di disgrazie era presa da una curiosità ignobile, che insomma tutti andassero via, via, che li lasciassero soli, al loro destino, via, via, via! Il gruppo dei curiosi si diradò, qualcuno con le mani nelle tasche rimase per un poco a osservare i quattro condannati dall'altra parte del marciapiede, e riprese la sua strada soltanto dietro una minaccia del Ferro. Anche il prete scuoteva le mani a destra e a sinistra come per domandare che cosa volessero da lui. «È l'una», disse poi il prete guardando l'orologio.

Quando furono soli si guardarono. Il Mandorla era il solo che stava quieto, come se non fosse accaduto nulla, almeno all'aspetto. Stava col naso fra i risvolti della giacca che si era tirata sul collo, contro il freddo che lo aveva preso più crudo e improvviso, e non fiatava innocente e tranquillo, avvezzo ai colpi della fortuna. Ognuno guardava il vicino come per leggergli in faccia che lui era il predestinato, e furono proprio questi sguardi che seminarono in ognuno l'incertezza e la diffidenza sul destino: si sentivano legati tutti e tre, ormai, fino a che il temuto avvenimento si compisse, e di quando in quando con un'occhiata si convincevano di essere ciascuno al suo posto, ciascuno ancora in piedi, ciascuno che resisteva allo sforzo, come se la vita la tenessero fortemente in una lotta suprema, e chi avesse avuto meno muscoli avrebbe ceduto; anche i colpettini di tosse del Mandorla dovevano essere mezzi per sentirsi vivo; di quando in quando il prete soffiava più forte il suo respiro, come provando la macchina ancora efficiente dei suoi polmoni. Volsero or l'uno or l'altro gli occhi al cielo, dove le nuvole si frangiavano sotto un vento alto, fredde alla superficie e plumbee, luminose e calde come una coltre agli orli e di sotto.

Il sole obliquamente illuminava i palazzi che fiancheggiavano la strada, ne faceva risaltare gli ornamenti, ne traeva i colori fuori dell'umidità invernale, colori pallidi, cilestrino, verdino, giallino. C'erano dunque ancora tante belle cose nel mondo? Gli stessi colori sembrava loro di non averli mai veduti, e si accorgevano del mondo come di una cosa che si stesse inventando sotto i loro occhi. La stessa città, che in fondo era straniera a loro, si legava ai ricordi della loro infanzia e delle terre che amavano, attraverso i colori e la luce, come i temi fondamentali della vita. Si accorsero che gli alberi del viale, da freddi e stecchiti che li avevano veduti nell'inverno, in quel giorno si ammorbidivano, le foglioline in cima ai rami non pungevano più il cielo che si svelava grande e sereno, fuor delle nubi che sgomberavano, sotto la spinta degli alberi sublimi. Un desiderio pazzo di movimento li aveva presi, e un autobus traballante li raccolse dal marciapiede. In faccia ad ognuno di quelli che stavano loro vicini si studiavano di leggere il destino, e nella testa di uno di loro sorse il pensiero: "Tutti questi non saranno, e l'umanità non è altro che un carico di materia che viaggia vertiginosamente fino a che non si scarica in qualche luogo. E dov'è questo luogo?". Chi pensava così, forse tutti e tre, cercava dove fosse questo luogo, e si ricordava di averne veduto uno, rasentandolo con la ferrovia cittadina, in uno spazio soverchiato dalle case, con la trincea nera della ferrovia da una parte, dall'altra le strade e le case, e dall'alto delle finestre doveva apparire come una cava di lastre di pietra. Il muro di cinta con qualche croce spiccava nel cielo rosso di quella sera, e vi si sentiva il ricordo della campagna. «Là mi piacerebbe di stare, perché mi ricorda qualche cosa del mio paese. Ma forse non c'è più posto». L'autobus li sbatteva uno contro l'altro, ed essi non si volevano toccare. Si lasciavano invece, due di loro, spingere contro una donna, a sentire quella carne viva, quel senso di fragilità e di immortalità che è nelle donne assistite dalla gioventù. Tra il rombo del motore greve e nauseabondo, tutto il rumore della strada si frantumava come di tavole sbattute disordinatamente tra loro, o come un lontano applauso. Le fermate si inseguivano e si succedevano l'una all'altra, gente saliva e scendeva; e il pensiero vano che accompagna chi sta nelle città, "forse non rivedrò più mai questa persona che mi sta accanto", questo pensiero aveva ora per loro un senso di vero. Finì il viaggio, si aprì la campagna davanti a loro. Su un albero stecchito un uccello si mise a cantare piano piano, smise, come se sapesse di avere sbagliato ora e stagione. Il sole aveva scaldato lievemente la terra.

Non si erano rivolta la parola fino a quell'istante. «Non si sta bene, qui», cominciò il Mandorla. «Guarda che campagna!». Non era difatti una bella campagna. Quattro o cinque abeti magri erano raggruppati attorno a uno stagno, ed era quello il solo accidente della pianura che si stendeva a perdita d'occhio, di un verde bruno uniforme. La città imminente volgeva alla pianura i suoi muri senza finestre. Più vicino, intorno a loro, un muretto crollato, una siepe di filo di ferro, una vecchia traccia d'aiuola, con vecchie piante morte su cui aveva battuto il sole e poi il gelo, faceva un singolare giardino di fiori secchi, lontano nel tempo. «Da noialtri non è così la campagna. La primavera arriva dappertutto, da noialtri, e perfino i muriccioli mettono quel poco di musco che li adorna. C'è un buon odore libero che viene dal mare. Si ha sete d'acqua. L'acqua spunta ai piedi dei monti e fa un rumore nuovo, specialmente se alla vena ci metti una foglia lunga per farla scorrere bene». Lontano, sull'orizzonte, una forma nera si mosse, rompendo l'ombre dense che vi accumulava la sera in viaggio. «Che cosa è quello laggiù?». Era una immensa croce che si agitava sulla linea fra terra e cielo, roteando su se stessa, ma rimanendo sempre allo stesso punto, e sul cielo e sulla pianura non v'era altro: la stettero a guardare un pezzo, come saliva e declinava, ora dritta ora obliqua, disposti alle apparizioni meravigliose, fino a che il Ferro esclamò: «Ma se è un mulino!». Un mulino. Tutti si misero a ridere, forte, dandosi dei colpi sulle spalle e sulle braccia. «Un mulino! Guarda che razza di mulini! E chi sa che cosa mi pareva!». Ma il Mandorla era divenuto triste e assorto e senza che nessuno sapesse come, aveva gli occhi gonfi di lagrime. «Via, via! Questo non lo devi fare. Che cosa ti prende ora?». «Io non avevo mai pensato, da ragazzo, che nessuno mi volesse bene. Tu da ragazzo non pensavi che un giorno avresti trovato chi ti avrebbe amato molto? Io non ho fatto male a nessuno, io sono innocente. Quasi mi dispiace di non aver fatto male, e di essere, ora, come un bambino. C'è chi nasce così, che non può fare il male e non riceve il bene. Io ho sbagliata tutta la mia vita, e se mi dovessi confessare non saprei che cosa dire. Quando sono lontano da un luogo, so che cosa vi avrei potuto fare; quando ci sto, non so più, e vorrei tornare là di dove sono partito. Io certe volte penso alle persone che ho incontrato nella mia vita. C'era una ragazza che forse mi avrebbe voluto bene, ma io non sapevo che cosa dirle. Che cosa credi che fosse questa ragazza? Io non mi ricordo più se fosse piccola o grande, e vorrei tornare indietro per vederla com'era. Mi ricordo soltanto come mi guardava. Quando siamo sul posto, non sappiamo mai come sono le cose, e poi da lontano ce ne facciamo un'idea tutta diversa. Come è la mia casa? Io me la ricordo grande, e quando ci vado la trovo piccola. Anche mia moglie in casa mi sembra grande e quando la vedo per la strada la trovo piccola. E la strada dove giocavo? Quando sono in un posto mi dico che me ne voglio ricordare e cerco di mettermi bene nella memoria come stanno le cose. Poi tutto è diverso nel ricordo. Mi sembra di aver sempre sognato. Certe volte mi domando se sono proprio io che vivo di qua e di là, che ieri ero in un posto e oggi in un altro. Certe mattine, quando ho dormito poco, mi sembra di essermi lasciato a casa. Non vi succede anche a voi? E intanto uno cammina, fa qualche cosa, e magari non sa se è sveglio o se è morto». «Smettila, smettila!», gridarono a una voce il Borriello e il Ferro cui questa parola era nella mente, ma pronunziarla era stato come metterla loro davanti agli occhi. Ecco che intorno a questa parola i loro pensieri ondeggiavano pericolosamente, da un momento all'altro perdevano l'equilibrio. «Non vi succede a voialtri», aggiunse il Mandorla, «non vi succede, pensando a qualche cosa della vostra vita, che vi si intromettono persone che non ci hanno niente che fare? A me in questo momento mi viene in testa uno che gli bruciarono la mula, al mio paese, per dispetto. Gliela bruciarono dando fuoco alla stalla, e lui poveraccio le voleva più bene che a sua moglie. Io lo vedo che passa davanti ai miei occhi, col suo passo incerto e incespicante di uomo che cammina troppo, e mi ricordo, curioso, la sua faccia come la vidi in diversi periodi della sua vita, me lo ricordo distintamente, perché gli vidi cambiare età, proprio cambiare età. Non è vero che è difficile notare questa cosa nelle persone che si vedono tutti i giorni? Io mi domando se vale la pena di girare tanto, quando poi quello che vediamo è sempre la stessa cosa, quello che vedemmo nell'infanzia. Io ho veduto come è fatto l'elefante; eppure quello che mi ricordo sempre sono le lucertole al sole d'estate, quando si incantano su una pietra che brucia, e qui sotto la bocca, sul collo biancastro, batte loro qualche cosa come una vena. Io ho traversato il mare e ho vedute tante cose; eppure mi ricordo precisamente soltanto l'orto che facevamo da ragazzi, presso il ruscello, e l'ombra che una piantina di cece appena nata faceva quando vi batteva il sole. Mai cipresso ha fatta tanta ombra come quella, nel mio ricordo».

«Io invece», disse il Borriello, «mi ricordo soltanto delle donne. Le mani delle donne, per esempio, io me le ricordo una per una distintamente, più della loro fisionomia: quelle un poco fredde e inerti delle troppo giovani, e quelle vive delle donne fatte. Certe volte, quando mi sveglio, mi ricordo improvvisamente di tutte le donne che ho conosciuto; mi si affacciano alla mente una per una, ognuna col suo nome, con la sua faccia, un poco più pallida, forse, del solito. Mi pare che mi dicano: Ecco, siamo qui, quelle di cui non ti sei accorto mai, quella che poteva essere tua. Io sento un amore infinito per le donne, e soltanto quando sto con loro sono interamente vivo. Se ci pensate, è una cosa straordinaria, abbracciare un essere come noi, che ha la bocca e le mani, e intanto è del tutto diverso. Ci sono le donne che noi non avremo mai, quelle che appartengono a un'altra razza, pare. Quelle alte, per me sono un mistero. Esse lo sanno che io sono d'un'altra razza e non mi guardano neppure. Se io ne conoscessi una di queste mi sembrerebbe di entrare in un altro mondo. Quelle alte, hanno le gambe che non finiscono mai e sono lunghe come sospiri. Sembrano malate di vertigine. Parlo sul serio. Perché ridete? Poi ci sono quelle con cui ci s'intende subito, e vediamo che ce le portano via da tutte le parti, e se le portano via i treni e i tranvai sotto i nostri occhi, e noi vorremmo correr dietro a loro come ragazzi che chiedono l'elemosina. Certe volte basta niente per entrare nella loro confidenza, e ci sentiamo quasi parenti. Quando un uomo dice una frase un po' forte, che le allontana e le fa più piccole, si umiliano e diventano sottomesse. Allora mi piacciono e allora vorrei carezzarle. Da principio con le donne si fa a chi è più forte, e una donna non si fida se non sente che siamo noi i più forti. Le donne sono sempre infelici, credo, perché manca sempre a loro qualche cosa. In questi giorni, quando cominciò la primavera, tante donne camminavano per le strade delle città come stordite. Credo che bastasse passare il braccio sotto il braccio delle ragazze per portarsele via. Era scirocco, e tutti parevano impazziti».

Discorsi come questi, se non proprio così, facevano nell'ombra della sera gli amici, e il prete rideva di tratto in tratto e scrollava la testa. Il Ferro interruppe: «Che discorsi stupidi! Comincia a far freddo e bisognerebbe muoversi. Noialtri non abbiamo denari, e ci penserà monsignore. Per questa sera...».
Il prete che se ne stava pensieroso da una parte con le mani distese sulle ginocchia, disse vagamente di sì. Si scosse anche lui quando gli altri si mossero, e di nuovo le strade li presero nel loro andirivieni. Si erano accesi i lumi e la sera vi contrastava debolmente. La notte poi, fra il cumulo delle case e degli uomini, nacque come dovesse esser perpetua.

Non si erano accorti d'essere male in arnese per il luogo in cui entravano, i tre compagni, col fazzoletto colorato intorno al collo; sebbene la presenza del prete con la croce un poco storta sul petto, desse alla comitiva un'aria di fedeli parrocchiani scortati dal parroco. Essi entrarono risolutamente, e soltanto quando furono nel mezzo della sala si accorsero di avere sbagliato luogo, dalle luci impetuose che lo illuminavano, tra cui distinsero, come in un pulviscolo, alcune donne sedute in abiti da sera accanto ai loro uomini seri e neri. Presero posto subito a una tavola presso la porta, un poco abbagliati sotto gli sguardi dei più vicini che si scambiavano occhiate vaghe e interrogative. Con un'aria esigente, un uomo sbarbato accuratamente e l'abito a coda, si presentò al loro tavolo e soltanto quando il prete ebbe ordinato: «Una bottiglia di vino», abbozzò un inchino. I tre compagni parevano rimettersi da un gran freddo, e si ricomponevano senza riuscire a prendere un atteggiamento. Il prete batteva lievemente le dita sulla tavola volgendo gli occhi indifferenti in giro. «E mangiare, niente?», disse il Borriello. «Potrebbe toccare a me di morire, e meglio sarebbe a pancia piena». Si

175

era azzardato a formulare questo pensiero ora che stava al caldo, che c'era una bella luce, che si vedeva uomini e donne discorrere senza pensieri, e la vita pareva riprendere. Il Mandorla disse: «Abbiamo fatto molto bene a venire qua. Ci si sente meglio». Fu portato da mangiare, e il Borriello ai primi bocconi disse: «Dite quel che volete, ma la vita è bella». Pareva che quella sera e quelle ore non dovessero mai finire, e forse nessuno di loro si ricordava in quel momento di quanto era accaduto, né di quello che aspettavano, come se tutto fosse un'illusione. Il prete disse a un certo momento, sovrappensiero: «Sia fatta la volontà di Dio». Ma poi furono di quell'umore dei ragazzi che hanno marinata la scuola, quando il pensiero di un castigo possibile, e la gioia di sentirsi liberi, li tengono in una piacevole ansia. Quel luogo, che in un'altra occasione non avrebbero varcato, o che se avessero varcato avrebberero subito lasciato, non li metteva menomamente in soggezione, anzi li divertiva, ed essi guardavano quel mondo intorno con occhi disinteressati quasi non avessero nulla da perdere al confronto. Il prete, preso da una fretta inconsulta, disse: «Domattina devo andare a dir messa», e guardò l'orologio. «Sono appena le undici, c'è tempo. Fino all'alba abbiamo sette ore». «Sette ore», ripeté qualcuno, e quelle ore parvero lunghe e piccole nello stesso tempo. Il prete mostrava agli occhi di tutti e tre l'orologio dove la lancetta piccola superava i minuti che le si frapponevano e su cui pareva dovesse storcersi e fermarsi.

Il direttore del luogo si presentò nuovamente e con un sorriso convenzionale disse: «Domandano se qualcuno di loro sa cantare». Un uomo si era messo davanti al pianoforte in fondo alla sala, e cercava con le dita i primi accordi sulla tastiera. Accorgendosi che il pianoforte rispondeva ancora, si volgeva intorno quasi per chiedere aiuto. «Perché?», domandò il prete. «Perché questi signori devono essere italiani, e qualcuno domanda se sanno cantare». Fu il Mandorla che, col coraggio dei timidi, si levò e disse tranquillamente: «Io». Aggiunse: «Io avevo una bella voce di contralto quando ero più giovane, e adesso vorrei provare». Traversò la fila dei tavolini, raggiunse il pianoforte, e i suoi compagni lo videro lontano nel fondo, la sua ombra riflessa nel lucido legno nero: pareva che lo vedessero la prima volta, e così, da lontano, sentono che in fondo gli volevano bene. «Povero Mandorla!», disse il Borriello. «Perché: povero Mandorla?». «È il più debole di tutti e il più triste. Che gli resta da fare?».

Una voce dal fondo si levò in quel momento, dietro gli accordi del pianoforte: il Mandorla cantava nascondendosi il volto: la voce usciva battendo contro la cassa armonica dello strumento, era una voce appannata dapprima, come d'uno che cantasse nel ricordo, o con una coltre sulla bocca; a mano a mano divenne più chiara, gli spazi fra una frase e l'altra si fecero meno stanchi, e la canzone, una vecchia canzone italiana, si levava intorpidita con le sue gale, i suoi sboffi di seta, il suo corpetto alto, le sue piume di struzzo. Il Mandorla conquistava lentamente i toni più alti come in una pericolosa ascensione, e fu appunto a una delle note più acute che passò un brivido sull'uditorio, e lo stesso cantore, angosciato, non riusciva a trattenere le lagrime che gli scivolavano fra le dita come i grani di una collana di cui si sia rotto il filo. Da un tavolino, un uomo si levò traballante, pur senza lasciarsi cadere il monocolo dal cavo dell'occhio e si mise a gridare: «Italia! Italia! Napoli! Capri! Firenze!». Non sapeva dir altro, ma avanzò verso il gruppo del prete con una bottiglia di vino spumante in mano e ne riempì i bicchieri dei tre amici del Mandorla. Una donna, nel fondo, rossa in viso e con gli occhi lucidi, agitava le mani dicendo qualche cosa d'incomprensibile; poi con uno scatto raggiunse una sedia presso il pianoforte e si mise ad ascoltare puntando gli occhi febbricitanti sul cantore. Il quale appariva pallido, di un pallore di perla, e trasfigurato. Il Borriello e il Ferro, che avevano vuotato di colpo i loro bicchieri, si accostarono anche loro al compagno, e la voce del Mandorla si spartì come un ruscello che si perde qua e là in diversi rami, con rumori diversi, d'argento, metallici e cupi; la voce del Ferro bassa e ronzante le volò intorno come un moscone, quella acuta del Borriello, sguaiata d'una sguaiataggine popolare, acuta e sgangherata, ridicola e patetica, volò alta. Fu un coro mai sentito, con le picchiettature e gli strilli selvaggi che improvvisamente venivano alla memoria dei cantori dal loro paese, con le variazioni delle voci di testa e nasali, con gli oh oh oh! e gli uh uh uh! gettati alti, come essi buttavano alte le loro berrette che avevano prima agitato col braccio levato; strilli, grida subitanee, urli rauchi, note alte e sicure come frecciate si inseguivano e non si trovavano mai, e in basso, singhiozzi e versacci e lazzi si alternavano, per bocca degli stessi cantori, come se volessero dileggiare gli appelli più patetici, con una volgarità antica e rudimentale che faceva sorridere tutto il gruppo dei cantori, e lo stesso prete rideva dal suo tavolino, come ritrovasse ora allegri amici perduti. Il canto finì in un coro di grida e di lazzi, in tronco, come se avesse spiccato il volo uscendo fuor dalla finestra e infrangendone i vetri. I tre cantori stettero zitti di colpo, tremanti dietro la nota quasi rischiassero di esserne trascinati in alto, e si asciugavano le guance; le loro maschere ritornarono alla prima immobilità: quella del Ferro buffa col moto delle labbra ghignanti in su, quella del Mandorla malinconica e funebre, quella del Borriello come colpita da una divina cretineria.

L'uditorio tacque per un poco. Poi, come se passasse una carrozza in mezzo alla sala, scrosciarono gli applausi. La donna, forse ubbriaca, si era accostata al Mandorla e gli domandava qualche cosa cui egli rispondeva tranquillamente senza guardarla. Vicini, il Borriello e il Ferro sentivano il profumo di lei buono come quello del pane caldo. Lo stesso individuo traballante di prima si accostò con tre bicchieri pieni, e i tre bevvero d'un fiato guardando il mondo intorno a loro trasformato dai vapori del vino. Poi lo stesso individuo cavò fuori un libretto e vi appuntava qualche cosa; dopo di che proclamò: «Domani sera, cantare da me, al Capitol, grande successo». Disse queste parole in un gergo misto di francese e di spagnolo, e nello stesso tempo si mise ad agitare sotto gli occhi dei tre compagni un lungo biglietto di banca. La donna che teneva il Mandorla per il braccio, gli faceva intendere quello che accadeva; egli sentiva il braccio di lei leggero sul suo, con quell'impressione di leggerezza ineffabile che dà il braccio d'una donna, e la lieve lama delle sue unghie sul polso che ella stringeva distrattamente. L'uomo mostrava ora un foglio bianco, su cui scriveva qualche cosa invitando i tre compagni a firmare. Dopo di che consegnava loro il denaro, sorrideva, e gridava: «Domani sera, domani sera!». Salutava stando in piedi come se li avesse infinitamente lontani, e il Ferro gli faceva un cenno che significava: «Tutti e tre?». «E nello stesso costume che indossate stasera», si raccomandò l'uomo. Il Borriello si era seduto al tavolino e leggeva con cura la lista delle pietanze, il Ferro, in mancanza di meglio, stava ad ascoltare attentamente quello che cercavano di dirsi la donna e il Mandorla, seduti vicini. Ella stava raccolta accanto a lui, con le mani congiunte sul tavolino, e si passava di quando in quando le dita intorno alla scollatura della veste. Così accosto il Mandorla sentiva che una gamba gli tremava sfiorando la veste di lei. Si parlavano piano piano, come se avessero timore di destarsi; il Mandorla era intento a fare una inutile piega alla tovaglia bianca, il Ferro gli diceva all'orecchio, in dialetto, perché ella non capisse: «Le piaci, ti vuole, è un capriccio, dille qualche cosa, se non ci riesci mi ci metto io. È graziosa, tanto graziosa». Il Mandorla si abbandonava a quella voce, dimenticando di rispondere, e le credeva. Con un gesto distratto le toccò il braccio, si ritrasse subito, perché sentiva che se avesse continuato lo avrebbe assalito una dolce furia. Ella lo guardava come chi abbia molto tempo davanti a sé, fino a che il Mandorla le disse: «Io questa sera ho bisogno di lei». Lo disse con un tono di abbandono e di ferocia. La donna sorrise vagamente e rispose «Perché?». In quel momento il Borriello si accostò per dire: «Guarda che razza di destino: io ora ho i soldi, voglio mangiare, e non c'è più niente da mangiare». Era tardi, il locale si chiudeva, e i tre amici col prete uscirono per ultimi, dietro la donna che si rassettava il mantello indosso come se riordinasse i propri pensieri.

Si destavano nella città i rumori dell'alba, quando lo stesso movimento è come un sogno pesante. Il prete tremava dal freddo e con un gesto meccanico si tolse la croce d'oro e se la mise in tasca, non si sa perché. Il Borriello e il Ferro camminavano l'uno accanto all'altro, urtandosi di quando in quando e dicevano: «Che razza di sorte è la nostra! Coi denari in tasca ora che non possiamo spenderli, che non c'è più da mangiare, non ci sono donne. E con del lavoro trovato, ora che non sappiamo se domani saremo vivi o morti». Il Mandorla discorreva con la donna: «Perché non oggi? Chissà domani se ci ritroveremo! È tanto facile perdersi in questa città, e poi non si sa mai che può succedere». Ma ella gli diede il suo indirizzo col numero del telefono, dicendo: «Domani». Salì su un autobus che passava in quel momento, sorrise agitando una mano dietro i vetri, scomparve. La notte terminava con un lungo brivido, la prima luce saliva dall'oriente come superstite da un paese lontano, e le nuvole nere le contrastavano il passo. Il Mandorla prese il biglietto della donna, ne fece una pallottola, lo buttò lontano. Il Ferro corse a raccattarlo, e alla luce di un lampione lesse questo nome: Jenny. «È un bel nome», aggiunse, se lo ripose in tasca. Senza che si notasse nessun trapasso, il sole con le sue spade d'oro disperse le nubi e illuminò debolmente le case come un lume troppo alto.

I tre amici si trovavano seduti sulla soglia di una chiesa, aspettando che si aprisse, perché il prete voleva dire il suo offizio. «Mi pare», disse il Ferro, lambito da un raggio di sole, «che non sia accaduto nulla a nessuno. Forse la profetessa si è sbagliata. Fino a che ora bisogna aspettare per esserne certi?». «Ventiquattr'ore. Ancora cinque ore». «Restituiscimi quel biglietto coll'indirizzo di Jenny», disse il Mandorla, «è mio».

Indice

Volumi pubblicati in questa collana:

A.N. Afanas'ev, *Fiabe russe proibite*
Corrado Alvaro, *Gente in Aspromonte*
Jorge Amado, *I guardiani della notte*
Jorge Amado, *Dona Flor e i suoi due mariti*
Jorge Amado, *Due storie del porto di Bahia*
Jorge Amado, *La bottega dei miracoli*
Jorge Amado, *Vita e miracoli di Tieta d'Agreste*
Jorge Amado, *Tocaia Grande*
Jorge Amado, *Il Paese del Carnevale*
Jorge Amado, *Frutti d'oro*
Jorge Amado, *Alte uniformi e camicie da notte*
Giovanni Arpino, *La suora giovane*
Giovanni Arpino, *Un delitto d'onore*
Fabrizio Battistelli, *Il Conclave*
Georges Bernanos, *Diario di un curato di campagna*
Romano Bilenchi, *Conservatorio di Santa Teresa*
Heinrich Böll, *E non disse nemmeno una parola*
Paul Bowles, *Il tè nel deserto*
Paul Bowles, *La delicata preda*
Anthony Burgess, *L'antica lama*
Italo Calvino, *Il sentiero dei nidi di ragno*
Italo Calvino, *Ti con zero*
Italo Calvino, *Ultimo viene il corvo*
Italo Calvino, *Le Cosmicomiche*
Ferdinando Camon, *La donna dei fili*
Ferdinando Camon, *La malattia chiamata uomo*
Ferdinando Camon, *Un altare per la madre*
Elias Canetti, *Auto da fé*
Truman Capote, *L'arpa d'erba*
Truman Capote, *Un Natale e altri racconti*
Truman Capote, *A sangue freddo*
Truman Capote, *Colazione da Tiffany*
Truman Capote, *I racconti*

Chaim Potok, *Il mio nome è Asher Lev*
Renzo Rosso, *La dura spina*
Henry Roth, *Chiamalo sonno*
Salman Rushdie, *I figli della mezzanotte*
Salman Rushdie, *La vergogna*
Carmelo Samonà, *Fratelli*
Carmelo Samonà, *Il custode*
Giorgio Scerbanenco, *Milano calibro 9*
Giorgio Scerbanenco, *I ragazzi del massacro*
Giorgio Scerbanenco, *I milanesi ammazzano al sabato*
Giorgio Scerbanenco, *Le principesse di Acapulco*
Giorgio Scerbanenco, *Le spie non devono amare*
Giorgio Scerbanenco, *Al mare con la ragazza*
Paul Scott, *La gemma della corona*
Paul Scott, *Il giorno dello scorpione*
Paul Scott, *Le torri del silenzio*
Isaac B. Singer, *Quando Shlemiel andò a Varsavia*
Antonio Skármeta, *Il postino di Neruda*
Mario Soldati, *Le due città*
Fëdor Sologub, *Il demone meschino*
Christina Stead, *Sabba familiare*
Giovanni Testori, *Il ponte della Ghisolfa*
Mario Tobino, *La brace dei Biassoli*
Michel Tournier, *Il Re degli ontani*
Michel Tournier, *Gaspare, Melchiorre e Baldassarre*
Michel Tournier, *Le meteore*
Michel Tournier, *Mezzanotte d'amore*
Simon Wiesenthal, *Max e Helen*
Angus Wilson, *La cicuta e dopo*
Angus Wilson, *Una signora di mezza età*
Angus Wilson, *Vecchi allo zoo*
Angus Wilson, *Prima che sia tardi*
Stefan Zweig, *Novella degli scacchi*

Finito di stampare il 12 giugno 1996
dalle Industrie per le Arti Grafiche Garzanti-Verga s.r.l.
Cernusco s/N (MI)